La Quête d'Alice Gagnon

DE LA MÊME AUTEURE

Saga LES CHRONIQUES DE CHAMBLY

Tome I, *Marguerite*, roman, Montréal, Hurtubise, 2009.

Tome II, *Julie et Salaberry*, roman, Montréal, Hurtubise, 2012.

Tome III, *Marie-Josèphe*, roman, Montréal, Hurtubise, 2015.

Série LA QUÊTE D'ALICE GAGNON

Tome I, *Une fille de Chicoutimi*, roman, Montréal, Hurtubise, 2018.

Tome II, *Une femme libre*, roman, Montréal, Hurtubise, 2019.

Par la faute d'Emmélie, roman, Montréal, Hurtubise, 2023.

LOUISE CHEVRIER

La Quête d'Alice Gagnon

Tome 1

Sortir du rang

Roman historique

Hurtubise

Catalogage avant publication de Bibliothèque et Archives nationales du Québec et Bibliothèque et Archives Canada

Titre: La quête d'Alice Gagnon / Louise Chevrier.

Noms: Chevrier, Louise, auteur. | Chevrier, Louise. Sortir du rang. | Chevrier, Louise. Fille de Chicoutimi.

Collections: Classiques du roman historique d'ici.

Description: Nouvelle édition. | Mention de collection: Les classiques d'ici | Tomes 1 et 2 publiés antérieurement sous le titre : Une fille de Chicoutimi. 2018. | Sommaire: Tome 1. Sortir du rang.

Identifiants: Canadiana (livre imprimé) 20230082998 | Canadiana (livre numérique) 20230083005 | ISBN 9782898511400 (vol. 1) | ISBN 9782898511417 (PDF : vol. 1) | | ISBN 9782898511424 (EPUB : vol. 1)
Classification: LCC PS8605.H493 Q48 2024 | CDD C843/.6—dc23

Les Éditions Hurtubise bénéficient du soutien financier du gouvernement du Québec par l'entremise du programme de crédit d'impôt pour l'édition de livres et de la Société de développement des entreprises culturelles du Québec (SODEC). L'éditeur remercie également le Conseil des arts du Canada de l'aide accordée à son programme de publication.

Financé par le gouvernement du Canada | Canada

Conception graphique : Sabrina Soto
Illustration de la couverture : Jean-Luc Trudel
Maquette intérieure et mise en pages : Andréa Joseph [pagexpress@videotron.ca]

ISBN 978-2-89851-140-0 (version imprimée)
ISBN 978-2-89851-141-7 (version numérique PDF)
ISBN 978-2-89851-142-4 (version numérique ePub)

L'édition originale de cette série publiée en 2018 et 2019 comprenait deux tomes ; cette réédition de 2024 en comporte quatre, les tomes 1 et 2 originaux étant divisés en deux tomes distincts.

Dépôt légal : 3e trimestre 2024
Bibliothèque et Archives nationales du Québec
Bibliothèque et Archives Canada

Diffusion-distribution au Canada :
Distribution HMH
1815, avenue De Lorimier
Montréal (Québec) H2K 3W6
www.distributionhmh.com

Diffusion-distribution en Europe :
Librairie du Québec/DNM
30, rue Gay-Lussac
75005 Paris FRANCE
www.librairieduquebec.fr

Imprimé au Canada
www.editionshurtubise.com

À ma mère, Madeleine Lalancette
À Jean-Paul, Jacqueline et Maurice Lalancette

Oh! Maria, vous ne pouvez pas vous imaginer.
[…] Rien qu'à vous promener sur les trottoirs
des grandes rues, un soir, quand la journée de
travail est finie, […] rien qu'à vous promener
de même, avec les lumières, les chars
électriques qui passent tout le temps,
les magasins, le monde, vous verriez
de quoi vous étonner pour des semaines.

Louis Hémon, *Maria Chapdelaine*

Les personnages

À l'Anse-aux-Foins

Alice-Lauretta Gagnon: aînée de la famille Gagnon.

Honoré et Marie (née Barrette) Gagnon: parents d'Alice-Lauretta, d'Aimé-Louis, d'Alphonse, d'Albert, d'Adélard, d'Alban, d'Antoinette, d'Alcide, d'Antoine et de Paola.

Alfred et Josette (née Lemieux) Gagnon: pépère et mémère d'Alice-Lauretta, parents de Laure, d'Alicia, d'Honoré, d'Armand et de Philomène entre autres, ainsi que de deux fils aînés.

Armand Gagnon: fils d'Alfred et de Josette, oncle et parrain d'Alice-Lauretta.

Laure (née Gagnon) Tremblay: fille d'Alfred et de Josette, tante d'Alice-Lauretta, épouse de Rosaire Tremblay.

Philomène Gagnon (dite Philou): fille d'Alfred et de Josette, tante d'Alice-Lauretta.

Juliette Tremblay: cousine d'Alice-Lauretta, fille de Laure et Rosaire Tremblay.

Théo Tremblay: fils du cultivateur Napoléon Tremblay.

Jémina Bouchard: fille du fromager, ancienne compagne de classe de Philou.

Martin Bouchard: fils du fromager.

Docteur Claveau: médecin de l'Anse-aux-Foins.

Mademoiselle Desbiens: institutrice à l'école du rang Saint-Louis.

Madame Maltais : marchande générale.
Monsieur le curé Larouche : curé de la paroisse de l'Anse-aux-Foins.

À Chicoutimi

Émery et Magué (née Barrette) Belley : oncle et tante d'Alice-Lauretta.
Cécile Belley : cousine d'Alice-Lauretta, fille de Magué et d'Émery Belley.
Monsieur Carrier : propriétaire de Carrier *À la mode.*
Éphrem Côté : gérant de Carrier *À la mode.*

Au Grand-Brûlé

Patrice Lalancette : mécanicien, employé au barrage de Portage-des-Roches.
Silvio Lalancette : mécanicien, frère de Patrice.
Émilie Lalancette (née Harvey) : mère de Patrice et Silvio, veuve, agricultrice.

Au lac Saint-Jean

Ivan et Flavie Savinski : employé à la centrale hydro-électrique de l'Isle-Maligne et son épouse.
Désiré et Maria (née Harvey) Tremblay : oncle et tante de Patrice et Silvio, parents de Pierre-Marie et d'Edgar.

À Valleyfield

Marguerite Goulet : fiancée d'Albert Gagnon.

Prologue

Les Gagnon de l'Anse-aux-Foins

Ils étaient venus de Charlevoix pour trouver le bonheur...

Des hommes bâtis comme des chênes, de la trempe des conquérants, prêts à prendre d'assaut un royaume : le Saguenay, vaste territoire fait de lacs et de forêts, confié aux mains avides des compagnies forestières qui protégeaient farouchement leurs privilèges. Ils se nommaient Blackburn, Lapointe, Harvey, Simard, Tremblay...

Le Saguenay... grandiose rivière nichée au cœur d'un fjord ! Jacques Cartier fut ébloui par ses murailles qui brillaient de mille feux et par son ciel étoilé que balayaient des aurores boréales à couper le souffle.

Poussés par la nécessité d'ouvrir de nouvelles terres, ces gaillards regroupés au sein de la Société des Vingt et un forcèrent le seuil du royaume. C'était en 1838. Dans leur sillage vinrent par la suite des centaines de colons à l'âme tout aussi vigoureuse. Barrette, Côté, Gagnon, Lalancette, Savard... Tous venus « faire de la terre » pour assurer l'avenir de leurs fils et de leurs filles. Ainsi, sur les rives du

Saguenay se dessinèrent de nouvelles paroisses et surgirent des villages. Puis naquit une ville : Chicoutimi.

En ce printemps de 1862, accoudé au bastingage d'une goélette et dans l'émerveillement de la découverte d'un monde inconnu, un garçon de quatorze ans observait les manœuvres d'appareillage du bâtiment qui les transportait, lui et sa famille, vers leur nouvelle paroisse. La navigation pouvait se révéler périlleuse sur le Saint-Laurent, mais le capitaine connaissait son affaire. Comme ce n'était pas la première fois qu'il voyageait à bord d'une goélette – une fois, il s'était rendu à Québec avec son père –, Alfred Gagnon accordait toute sa confiance à l'équipage qui, depuis le départ de Baie-Saint-Paul, les avait menés sans encombre jusqu'à ce mouillage où ils avaient passé la nuit. Un peu avant midi, profitant de la marée, le deux-mâts avança sous le vent pour s'engager dans l'embouchure de la rivière Saguenay, large bras de mer qui s'enfonçait dans les terres.

Entre les falaises escarpées de ce fjord sauvage et majestueux, le cœur d'Alfred se mit à battre furieusement. Son père, l'instituteur Louis Gagnon, lui avait raconté comment leurs ancêtres français avaient traversé la mer et bâti de leurs mains un Nouveau Monde. Comment, par la suite, leurs descendants avaient fait souche sur la Côte-du-Sud, puis dans Charlevoix. Alfred avait le vif sentiment de suivre leurs traces. Au-delà de cette cathédrale de roc, sur la rive nord, à des dizaines de lieues en amont, se trouvait la paroisse de Sainte-Anne où son père avait acquis une terre. Après avoir prêté main-forte à l'équipage, Louis vint rejoindre son fils aîné sur le pont. Les jeunes frères d'Alfred, Épiphane et le petit Louis, s'étaient réfugiés dans la cabine avec leur mère, Léocadie, enceinte d'un autre petit Gagnon.

L'instituteur ne manquait jamais une occasion d'instruire ses enfants. Alfred eut ainsi droit à un chapitre d'histoire relatant l'épopée de la conquête du royaume du Saguenay par ceux de Charlevoix :

— Quand ils créèrent la Société des Vingt et un, Alexis Tremblay Picoté à leur tête, la région était entre les mains de la Compagnie de la Baie d'Hudson. "Faire de la terre", ça veut dire *défricher*, ça veut aussi dire "faire du bois", et les Vingt et un s'empressèrent d'installer des moulins à scie sur la rive sud du Saguenay. Sous le couvert de cette société se cachait William Price, un forestier qui cherchait à évincer la Compagnie pour obtenir les droits de coupe. Price était aussi l'associé de Peter McLeod, un métis montagnais né au poste de traite de Chicoutimi. En réalité, ils cherchaient à s'enfirouaper l'un l'autre dans le but d'établir leur propre empire. Price fut le plus malin, flouant d'abord le Picoté avant de duper McLeod, une brute qui n'était pas née de la dernière pluie et traitait ses hommes à coups de pied au cul. Le métis est mort dans des circonstances mystérieuses. À l'époque, des rumeurs disaient même que Price l'aurait fait empoisonner. Voilà bien dix ans que McLeod est mort, mais certains croient que son fantôme hante encore sa maison de la rivière du Moulin, cherchant à se venger. Quant à Alexis Picoté, à son décès, il frôlait la misère.

Fasciné par l'histoire de ces hommes qui appartenaient déjà à la légende, Alfred écoutait le récit avec attention.

— Je ferai mieux que McLeod et le Picoté, affirma-t-il à son père. Moi aussi, je forgerai mon royaume, et personne ne parviendra à m'empoisonner.

Déclaration enthousiaste que Louis accueillit en posant sa main sur l'épaule d'Alfred.

— Grand bien te fasse, mon fils. Grand bien te fasse.

Un homme instruit comme Louis Gagnon se tailla facilement une place parmi les notables de Sainte-Anne. La famille de Louis et Léocadie s'agrandit de deux autres enfants. Parvenus à l'âge adulte, leurs fils s'établirent honorablement : Joseph devint marchand, Épiphane exploita la traverse sur le Saguenay entre le coquet village de Sainte-Anne, niché entre deux caps comme une belle dame endormie, et la petite ville de Chicoutimi. Le cadet, prénommé Louis comme son père, fréquenta le séminaire de Québec, fut ordonné prêtre et aussitôt nommé curé de paroisse. Une fille, prénommée Léocadie comme sa mère, marcha sur les traces du père et devint maîtresse d'école… Mais pour Alfred, toujours épris de conquête, Sainte-Anne manquait sérieusement d'attraits. Même le fjord s'évanouissait à cet endroit pour faire place à la plaine.

Son regard se porta plus à l'ouest, vers un lieu appelé l'Anse-aux-Foins, sur la rive gauche du Saguenay ; une longue rive bordée de foin sauvage, surmontée d'un plateau qui s'étendait de la petite rivière Valin jusqu'à l'anse à Peltier avec suffisamment de terres vierges pour combler ses désirs. Là, c'était toujours le fjord, avec les monts Valin en toile de fond et cette impression de bout du monde. Alfred fut séduit !

D'autant qu'à l'Anse-aux-Foins, il y avait une jeune fille qui rêvait simplement d'y élever une famille nombreuse : Josette, la fille d'Edmond Lemieux, un pionnier de la place. La compagne idéale pour Alfred qui reçut de son père la belle somme de cinquante dollars pour se marier. Dans la corbeille de noces, Edmond ajouta sa propre terre et une maison assez grande pour abriter les enfants à venir.

Josette et Alfred eurent des fils et des filles, ils firent aussi prospérer leur terre. Quand vint son tour d'aider ses enfants devenus adultes à s'établir, Alfred voulut acquérir les meilleures terres de l'Anse. Or, celles-ci appartenaient à un clan : celui des Tremblay Renard, arrivés au début de la colonisation de l'Anse-aux-Foins. Ils avaient défriché le territoire que l'usage populaire désignait sous le nom de « concession des Renard ». Ils s'opposèrent farouchement à l'esprit de conquête d'Alfred, qui n'appartenait à aucun clan, et refusèrent de vendre au point que certains firent faillite. Alfred Gagnon se présentait alors et achetait au meilleur prix. Cependant, les Renard n'avaient pas dit leur dernier mot. Même si la fortune d'Alfred lui permettait de prétendre à de nobles fonctions comme marguillier ou échevin, ses opposants faisaient valoir leur ancienneté dans la paroisse et l'un d'entre eux finissait toujours par l'emporter. Alfred rugissait de rage, au point qu'on le surnomma le « lion » de l'Anse. C'est ainsi que se déroula la guerre entre Alfred Gagnon et les Tremblay Renard.

Au magasin général, Alicia Gagnon était venue faire l'emplette de gants en dentelle de coton pour l'été. Le motif floral ornant le poignet d'une paire de couleur blanc cassé que lui présentait la marchande ne lui plaisait qu'à demi.

— Très jolis gants pour une jeune fille, insista Angélique Maltais, récemment mariée au marchand. Une couleur à la fois discrète et pratique, qui va avec tout.

La cliente retroussa son joli petit nez en écartant du lot tous les modèles de couleur claire pour jeter son dévolu sur l'unique paire de gants noirs qu'elle venait d'apercevoir et qu'elle s'empressa d'enfiler, contemplant l'effet de la dentelle sur sa main délicate.

— Ravissant ! apprécia-t-elle.

— Vous n'y pensez pas ! Ces gants sont destinés à une veuve ou à une femme mariée, nullement à une jeune fille de dix-huit ans ! Que dira votre père ?

— De porter mon achat sur son compte, madame Maltais.

— Hum ! Hum !

La marchande sursauta. Désarçonnée par l'arrogante demoiselle, elle n'avait pas entendu la clochette de l'entrée. Un jeune homme aux yeux clairs s'approcha du comptoir de bois patiné pour s'y accouder avec désinvolture.

— Quel chic, ces gants !

Alicia dévisagea le nouveau venu de ses yeux sombres et pétillants.

— Eugène Tremblay !

Bien charpenté, il la dépassait d'une bonne tête, elle qui était toute menue.

— Ma foi, mademoiselle Gagnon ! À vous voir, on dirait la page des "dames" du *Progrès du Saguenay*. Vous faites concurrence aux filles de la ville ?

Vêtue d'un chemisier à jabot avec frison aux poignets et d'une jupe sombre cintrée sur une taille fine à l'excès, elle portait également un extravagant chapeau garni de tulle, au moins aussi large que ses frêles épaules et maintenu en place sur un chignon vaporeux par une longue épingle ornée d'une perle. Rien dans sa tenue n'indiquait la campagnarde.

— Porterez-vous ces gants à la messe ?

La marchande commençait à sentir la moutarde lui monter au nez. Les amoureux s'étaient donné rendez-vous chez elle, dans son magasin, au vu et au su de tout le village ! Alfred Gagnon l'apprendrait, il serait bien capable de venir lui faire une scène, lui qui ne supportait pas de croiser un Tremblay Renard, pas même d'en voir un en peinture. Sans dissimuler son mécontentement, elle emballa prestement les gants.

— Vous n'avez besoin de rien d'autre, j'espère ! Et sortez donc la première, si ce n'est pas trop vous demander, mademoiselle Gagnon.

Deux éclats de rire lui répondirent et les jeunes gens franchirent ensemble le seuil du magasin général. La marchande haussa les épaules.

— Tu parles d'une fière-pet ! ronchonna-t-elle en rangeant la boîte de gants. Qu'Alfred Gagnon s'arrange avec sa fille !

Au sortir de l'église, le dimanche suivant – on pouvait s'y attendre –, une main gantée de dentelle noire laissa choir un mouchoir de fine batiste dans l'allée centrale, près du banc des Tremblay Renard. Eugène le ramassa et rattrapa aisément Alicia qui s'éloignait sur le trottoir de bois en donnant la main à sa jeune sœur.

— J'ai quelque chose qui vous appartient, mademoiselle.

— Vous croyez, monsieur Tremblay ? Si c'est vrai, vous pourrez me le rapporter, disons... mardi prochain ?

— Et votre père ?

— J'en fais mon affaire.

Philomène, qui n'avait que dix ans et fréquentait l'école du village, demanda à sa sœur, en toute innocence :

— As-tu vu, Alicia ? Eugène Tremblay était rouge comme une tomate.

— C'est parce qu'il a couru, ma Philou!

La nouvelle stupéfiante des fréquentations d'une Gagnon et d'un Tremblay fit rapidement le tour du village. Les langues allaient bon train:

— Qui l'eût cru? Alfred Gagnon, abandonner sa fille préférée entre les pattes d'un autre Renard?

— Surtout après ce qui est arrivé à Laure, sa fille aînée!

— Tout le monde sait qu'Alfred ne peut rien refuser à Alicia.

— C'est surtout que François Tremblay donne à son fils une terre dans la concession. Le lion est ravi.

— Il a richement doté sa fille. Un ménage acheté à la ville et valant trois cents dollars, une fortune!

— Alfred aspire aux plus hautes fonctions. S'il donne la fière Alicia à un Renard, les autres se tasseront de son chemin, affirmaient encore les mauvaises langues.

Quoi qu'il en soit, la hache de guerre entre Alfred Gagnon et les Tremblay Renard semblait bel et bien enterrée.

Le 31 juillet 1899, les cloches de l'Anse-aux-Foins carillonnèrent à tout rompre. Mariée radieuse sous son voile blanc, Alicia sortit de l'église au bras d'Eugène, sous l'œil mouillé des deux pères coiffés de leur haut-de-forme. À l'aube du nouveau siècle, l'avenir leur souriait. Ils s'installèrent dans leur maison de la concession.

Satisfait de voir ses fils aînés déjà pourvus de terres, Laure mariée depuis longtemps, sa fille préférée bien établie, et sa benjamine encore trop jeune pour le mariage, Alfred songea désormais à l'avenir de ses cadets, Honoré et Armand. Rien à redire sur Armand, toujours à son affaire. Il en allait différemment pour Honoré. Ce fils... ça ne pouvait être le sien.

— D'où c'est qu'il sort, celui-là?

Il houspillait sa femme, Josette, qui couvait celui qu'elle appelait son « poussin ». Et quoi que fasse Honoré, il n'arriverait pas à satisfaire Alfred.

La conquête de Marie Barrette resta dans les annales de la famille Gagnon comme le plus grand exploit d'Honoré.

Partis au marché de Chicoutimi, tirés à quatre épingles dans leurs beaux habits, les frères Gagnon avaient rencontré Marie Barrette, une fille du vieux rang Saint-Thomas. Honoré, arborant une petite moustache en brosse bien nette et portant son complet du dimanche ainsi qu'un chapeau dur, ne manquait pas d'allure. Armand s'était empressé de mentionner qu'à vingt-deux ans à peine, il n'était pas mûr pour le mariage. Les yeux de Marie s'étaient alors posés sur le frère aîné qui parlait d'une terre à son nom, disant que c'était à son tour de s'établir. Car dans sa fierté, Alfred se devait d'offrir à Honoré une terre comme il l'avait fait pour ses aînés.

Quand Honoré avait ramené Marie à l'Anse-aux-Foins, il s'était pavané comme un évêque. Sa sœur Alicia, qui ne perdait pas une occasion de se moquer de lui – ces deux-là avaient toujours été comme chien et chat –, l'avait félicité. Et même Alfred avait approuvé son choix :

— Une belle plante, faite pour me donner une douzaine de petits-enfants.

Cette fois-là, Honoré s'était gargarisé.

— Sauf qu'une demoiselle de la ville sur une ferme, ça vaut ce que ça vaut, avait averti Alfred.

Marie était aussitôt sortie de la réserve que lui imposaient ses dix-huit ans :

— Vous verrez que j'apprends vite.

— Hé ! J'aime ça, une petite femme qui a de l'aplomb…, riposta son futur beau-père.

Philomène, pour sa part, du haut de ses douze ans, se réjouissait du bonheur d'Honoré. Elle aimait bien Marie. Visage avenant, teint clair, yeux brillants et cheveux foncés, son sourire la rendait jolie, ce qui arrivait souvent, car elle était d'humeur joyeuse. Une gentille fille comme Marie ne pourrait faire autrement que d'améliorer le caractère bougon de son frère. Honoré et Marie s'étaient mariés à leur tour tandis qu'Alicia et Eugène attendaient leur premier enfant.

Puis un jour, chez les Gagnon de l'Anse, le bonheur vira de bord aussi vite qu'un vent contraire peut faire dériver une goélette sur le Saguenay. Après les heures interminables de la délivrance, Alicia agonisait de la maladie des accouchées. Josette s'épuisa à force d'égrener des dizaines de *Je vous salue Marie*, elle qui pressait son chapelet de jais sur sa poitrine, comme pour serrer une dernière fois son enfant tout contre elle. Le docteur Claveau hochait tristement la tête devant le jeune âge de la future mère… et l'étroitesse de ses hanches. Le nouveau-né ne vécut que quelques heures. Malgré les soins de Laure, de Philomène et du docteur, rien ne put sauver la mère, pas même la prière.

C'était une misère de voir Eugène, pétrifié sur une chaise droite, se prenant la tête à deux mains. Ce fut Armand qui alla chercher le curé. Ce fut également Armand qui termina la fenaison et qui fit le train à l'étable.

Personne n'osait plus regarder Alfred. Ses épais favoris encadrant son visage buriné par le travail au champ frémissaient de rage et de chagrin. Il décréta que de son vivant, plus jamais un Tremblay Renard n'entrerait dans la famille.

À la mort d'Alicia, Marie avait fait une promesse à Josette :

— Si l'enfant que je porte est une fille, je lui donnerai le prénom de notre bien-aimée disparue.

— Marie, c'est une belle pensée que vous avez là, avait déclaré Alfred, aussi ému que Josette qui avait pris sa belle-fille dans ses bras.

Honoré avait simplement froncé les sourcils, sans rien dire. Et quelques mois plus tard vint au monde une fille. Au moment du baptême auquel, comme il se doit, Marie n'assista pas, la jeune mère avait toutefois rappelé sa promesse à la marraine, une cousine venue pour participer aux relevailles.

Promesse que la marraine, demoiselle Barrette de Chicoutimi-ma-chère, en présence du curé, ignora pour imposer son choix – un prénom qu'elle considérait comme plus à la mode: Lauretta. Honoré, pour qui la mémoire de sa défunte sœur était le dernier des soucis, approuva aussitôt.

Mais une autre personne était présente à ce baptême. Armand se prévalut de son rôle de parrain pour rectifier la situation du mieux qu'il le put en faisant ajouter le prénom «Alice». Ainsi fut baptisée Alice-Lauretta Gagnon, le 27 mars 1901.

Josette fut néanmoins déçue en apprenant l'histoire.

Dès le premier jour, Philomène s'enticha de sa nouvelle nièce. Elle offrit son aide pour s'occuper de la petiote et la berçait en lui murmurant des «ma petite Alice» à l'oreille.

Quand Alfred contempla l'enfant, menue, quoique vigoureuse, sa petite-fille dernière-née qui hurlait dans les bras de sa mère, il fit cette remarque:

— En v'là une qui va en remontrer à son père.

Chapitre 1

Mon premier grand malheur

Une volée de roitelets se posa sur les branches du bouleau jaune qui grimpait jusqu'à ma lucarne. Au cœur du mois d'août, avec ses jours plus courts, l'été céderait sa place à l'automne et bientôt, comme ma cousine Juliette, j'entreprendrais ma première année à l'école du rang Saint-Louis.

— Que j'ai hâte ! Que j'ai hâte !

Excitée à cette pensée, toute seule dans ma chambre, je parlais à voix haute. L'école, je ne rêvais que de ça. Combien de fois, nos deux Juliette, étions-nous allées rôder autour de la bâtisse blanche de l'école ? Nous connaissions dix astuces pour arriver jusqu'aux rebords des grandes fenêtres afin de contempler la classe : les pupitres et leurs solides montants en fer forgé, le grand tableau, la tribune de la maîtresse…

— Nous serons assises au même pupitre.

— Celui du milieu, le premier en avant.

Notre place ainsi décidée, je m'y voyais déjà, écoutant religieusement l'institutrice. Chaque soir, dans mes prières, j'implorais le petit Jésus: «N'oubliez pas mon école! Je promets de travailler fort pour être la première.»

Pour la rentrée scolaire, cette chanceuse de Juliette avait droit à une robe neuve. Et je mourais d'envie de la voir. Ce fut la première idée que j'eus ce matin-là. Comme à l'accoutumée, levée de bonne heure, habillée de pied en cap, ma robe et mon tablier repassés, mes nattes, que je tressais moi-même, bien serrées, mon lit fait et ma chambre rangée, j'étais prête à commencer ma journée avant même que le soleil ne se pointe le bout du nez. Je n'étais pas la première debout: mon père et mon oncle Armand étaient déjà à l'étable pour faire le train. Jetant un dernier coup d'œil dehors, je vis un léger brouillard se dissiper dans l'aube: il ferait beau, assez rêvassé!

— Lauretta, qu'est-ce que tu brettes à matin?

C'était la voix de ma mère qui venait de se lever. Chez nous, ils m'appelaient tous Lauretta, même si mon vrai nom, c'était Alice-Lauretta. S'il fallait choisir entre les deux, je prendrais Alice. À l'école, je le dirais à la maîtresse.

Puisque j'étais la plus vieille, j'aidais ma mère. À six ans et demi, je savais faire beaucoup de choses: la vaisselle, les repas, le repassage. Mes frères étaient trop petits, ils ne faisaient que jouer. Si je voulais passer mon après-midi avec Juliette, j'avais intérêt à me dépêcher d'accomplir toutes les tâches qui m'incombaient.

Dans la cuisine, il était temps que j'arrive! Devant le poêle, encore en chemise de nuit, bébé Albert, âgé de six mois, s'impatientait dans les bras de ma mère qui, elle, se contorsionnait pour réchauffer le lait d'une boîte Eagle Brand. Je versai le lait chaud dans le biberon cependant qu'elle s'installait dans la berceuse.

À l'étage, les garçons se réveillaient, on les entendait jouer : deux affamés en pyjama, crinières brunes ébouriffées, qui ne tarderaient pas à venir réclamer à manger. En grande sœur consciencieuse, je m'occupais de leur déjeuner. La casserole de céréales chaudes attendait sur le poêle. Je sortis des bols et des cuillères avant d'entreprendre de faire griller des tranches de pain. De petits pieds dévalèrent l'escalier et, comme de fait :

— Lauretta, j'ai faim ! se lamenta Aimé-Louis avant même d'avoir atteint la dernière marche.

À cinq ans, mon frère dévorait comme un ogre. J'installai Alphonse dans la chaise haute devant une rôtie tartinée de confiture pour mieux le surveiller : il allait encore s'en mettre partout. Tout un travail pour le débarbouiller ! Surtout qu'à deux ans passés, il refusait bruyamment qu'on l'aide. Comme à l'accoutumée, aussitôt servi, Aimé-Louis s'ingénia à manigancer un mauvais coup : faire crier Alphonse en tentant de lui soutirer un bout de pain.

— Aimé-Louis, laisse ton frère tranquille, l'avertit notre mère, d'une voix trop douce pour être sévère.

Bien entendu, mon frère fit la sourde oreille. Notre mère étant coincée dans sa berceuse, il fallut que j'intervienne :

— Ça suffit ! Et si tu continues, je vais si bien te frotter le bec avec la guenille que tu t'en souviendras !

Quand je prenais ce ton, Aimé-Louis savait que je tenais toujours parole. Il se retira aussitôt dans ses terres, tel un chevreuil qui sent le danger, avant de se rasseoir bien droit sur sa chaise et de plonger sa cuillère dans le bol de gruau saupoudré de cassonade qu'il engloutit en un rien de temps. Pour mieux revenir à la charge, évidemment :

— Lauretta, je veux une beurrée de cretons.

— On dit "s'il te plaît".

— Fais pas tant de manières, c'est rien qu'un bébé, me reprocha ma mère, qui excusait beaucoup trop facilement mes frères.

— Philou dit que c'est important, la politesse, répliquai-je, sérieuse comme un pape.

Elle me le répétait souvent : « La maîtresse d'école aime les enfants sages et polis. »

— Tu devrais commencer par dire "ma tante Philomène" pour montrer l'exemple, me reprit mon père qui rentrait de l'étable suivi de mon oncle Armand.

— Philou est d'accord, elle ! ripostai-je en grognant, avant de hausser les épaules.

Entre elle et moi, pas de « ma tante » qui tienne parce qu'en vérité, elle était « ma presque sœur ». Ce que mon père se refusait à comprendre.

— Mouais… Belle influence. C'est ça que ça donne, les visites à Laure ou à Philomène ? Je couperais ça net.

— Hé, Honoré, parle pas de même de nos sœurs ! le désapprouva mon oncle Armand en tirant sa chaise. Philomène est un modèle de sagesse. Quant à Laure, elle est pleine de bon sens. Et elles sont toujours prêtes à venir aider Marie, quand passent les Sauvages.

— Mouais, grogna de nouveau mon père sous sa petite moustache raide.

— Pour ma part, je meurs de faim, enchaîna mon oncle. Dites-moi, jeune demoiselle, qu'y a-t-il à déjeuner ce matin ?

— Des cretons qu'on a faits hier, moman et moi, répondis-je en retrouvant ma bonne humeur. Et des rôties.

Mon oncle Armand, mon parrain, était aussi mon ange gardien. Lorsque mon père se mettait à bourrasser sur mon compte, il était le seul à pouvoir le ramener à de meilleurs sentiments. D'aussi loin que je m'en souvienne, il avait toujours habité avec nous dans la concession des Renard, comme on appelle le rang Saint-Louis de l'Anse-aux-Foins. Nous nous accordions parfaitement, mon oncle et moi. J'aidais à la maison pendant qu'il travaillait à la ferme.

Si je voulais aller chez Juliette aujourd'hui, il valait mieux ne pas contredire mon père. D'autant qu'il faisait exprès de refuser toute permission dès qu'il s'agissait de m'amuser un peu. Exactement ce qui était arrivé l'autre jour : j'avais terminé toutes mes tâches, pourtant, il m'avait quand même interdit de me rendre au village voir Philou. Pour obtenir la permission de sortir, j'aurais plus de chance en m'adressant à ma mère.

Tout en berçant le bébé, elle feuilletait l'*Album universel*, une revue que sa sœur, ma tante Magué qui habitait Chicoutimi, lui envoyait une fois qu'elle en avait terminé. À ses yeux pétillants, je devinais son plaisir. J'aimais moi aussi regarder les belles images et les gravures illustrant les histoires romanesques de la revue. Et bientôt… Oh ! L'école… c'était plein de promesses.

— Il y a des matières avec des grands mots savants, Philou nous l'a expliqué, à nos deux Juliette : l'arithmétique, la géographie, même l'histoire sainte et le catéchisme. J'aimerais ça, une robe neuve pour l'école, avec un nouveau tablier.

Agacée par mon verbiage, ma mère soupira.

— Tu me fatigues, Lauretta ! Quand t'auras fini la vaisselle du matin, t'éplucheras les patates pour le dîner au lieu de placoter comme une pie !

— C'est fait, moman! Est-ce que je peux aller chez Juliette cet après-midi? Dites oui! suppliai-je.

— On verra.

«On verra!» Aussi bien dire «non»! Loin d'être découragée, j'employai le reste de la matinée à accomplir les tâches qui m'étaient dévolues tout en réfléchissant au moyen de faire fléchir ma mère. Chez nous, pour remettre de l'ordre et épousseter, on faisait vite le tour. Notre maison n'était pas bien grande: vingt pieds sur vingt-quatre. Au rez-de-chaussée se trouvait la chambre de mes parents, la cuisine et le salon. Les enfants dormaient à l'étage. Mon oncle et les garçons se partageaient la grande pièce centrale. Comme j'étais la seule fille, j'occupais la petite chambre où étaient cordés un lit et une minuscule commode. Une chambrette en fait, qu'il me fallait céder lorsque, rarement, de la parenté venait séjourner chez nous. Mais si les Sauvages s'obstinaient à déposer d'autres petits frères sur notre galerie, comme ils l'avaient fait pour Albert l'hiver dernier, nous n'aurions plus de place. D'ailleurs, je ne pourrais pas m'occuper d'un petit frère de plus tout en allant à l'école…

Une bonne odeur de fricassée de pomme de terre avait envahi la cuisine et mettait en appétit. Ma mère était gourmande. Pour lui plaire, j'avais ajouté du lard et des oignons: c'était le bon moment pour revenir à la charge afin d'obtenir la permission d'aller chez Juliette, avant que mon père ne revienne de l'étable.

— En partant tout de suite après la vaisselle, je reviendrais à temps pour aider au souper.

— Achalante, gémit ma mère.

Sauf qu'elle s'évertuait à chasser des miettes imaginaires sur ses vêtements, signe qu'elle hésitait. J'avançai alors mon meilleur argument:

— J'emmènerais Aimé-Louis. Comme ça, vous pourriez vous reposer quand Alphonse et Albert feront la sieste.

Ça ne me tentait guère d'avoir mon frère à la traîne, mais, lasse de m'entendre, ma mère céda :

— Tu diras à Laure que tu dois revenir pour quatre heures.

Ma tante Laure, la mère de Juliette, habitait un peu plus haut sur le rang Saint-Louis. Nous étions presque arrivés.

— Hé, Lauretta ! m'interpella alors un garçon, surgissant derrière nous.

— Théo Tremblay ! Insignifiant, tu m'as fait peur ! grognai-je, nullement ravie de le voir.

Plus étrivant qu'Aimé-Louis, il y avait Théo, notre voisin. Un Tremblay Renard, les ennemis des Gagnon. C'est du moins ce que prétendait mon grand-père.

— Tu vas chez ma tante Laure ? demanda-t-il.

— C'est pas ta tante, c'est la mienne ! Tu peux pas l'appeler "ma tante" Laure.

Mon oncle Rosaire, le mari de ma tante Laure – lui aussi un Renard, gentil celui-là –, était en fait le cousin du père de Théo. Sauf que mon sans-génie de voisin se faisait des accroires en clamant que nous étions parents !

— T'es donc ergoteuse, Lauretta Gagnon. Je l'appellerai "ma tante" si ça me chante ! Salut, Aimé-Louis !

— Salut, Théo ! répondit mon frère, avec deux grands yeux admiratifs.

À mon grand désespoir, Aimé-Louis vénérait le fils du voisin. Comment pouvait-on se plaire en compagnie de quelqu'un qui marche pieds nus ? Les garçons du rang se croyaient dispensés de se chausser, passant l'été à exhiber leurs jarrets noirs. Pouah ! Gare à mon frère qui rêvait d'imiter Théo et mes cousins Luc et Henri, les frères de Juliette ! La propreté était une barrière contre les microbes, des petites bêtes invisibles qui donnaient des maladies. Philou me l'avait appris, elle l'avait lu dans le *Progrès du Saguenay*.

— J'irai pas à l'école cette année, m'annonça Théo. Je dois attendre que mon frère grandisse pour pouvoir mettre ses souliers.

— Bien contente ! Comme ça, on sera pas dans la même classe. En attendant, passe ton chemin, Théo Tremblay !

J'étais particulièrement fière de cette phrase tirée d'un conte. Une façon élégante de dire « Sacre ton camp ! Débarrasse ! ». Les vraies demoiselles parlent avec distinction, m'avait expliqué Philou, et plus tard, je serais une demoiselle.

Théo, lui, n'avait pas l'air de comprendre le bon français.

— T'es donc fière-pet, Lauretta Gagnon ! Viens, Aimé-Louis, fit-il en attrapant la main de mon frère. Le dernier arrivé aura un gage !

Et ils s'élancèrent en courant sur le chemin de terre. Mosus de Théo !

— Hé, attendez-moi !

J'étais tout essoufflée en arrivant chez Laure. Dans la cour, je reconnus la belle calèche de pépère Alfred. Quel bonheur ! Ma Philou était là.

Philou s'était coiffée d'un drôle de petit chapeau de paille piqué de biais sur son gracieux chignon. Je la trouvais jolie, vêtue de sa robe d'été fraîche et fleurie. Elle avait vingt ans, « un âge où une jeune fille pense au mariage », disait ma mère, se désolant de voir si peu de cavaliers autour d'une demoiselle, «la fille d'Alfred Gagnon». Toutefois, la question ne troublait pas la principale intéressée. Ses yeux bruns pleins de douceur reflétaient une nature tranquille qui, pour rien au monde, ne cherchait à s'imposer. Elle possédait aussi le don de susciter les confidences, gardant par-devers elle les secrets des âmes. Tout le monde aimait Philou, et Philou m'aimait.

Je me précipitai sur la galerie pour l'embrasser.

— Alice!

— Je savais pas que tu étais ici.

— Tu viens voir Juliette, je présume.

Elle fleurait bon l'eau de senteur, ma Philou, et en plus, elle m'appelait Alice.

— À ce que je vois, ta mère a accepté de te libérer sous condition, m'accueillit ma tante Laure, qui jeta un regard amusé à mes compagnons. Vous deux, allez donc rejoindre les garçons, leur suggéra-t-elle en parlant de mes cousins. Théo, tu veilles sur le plus jeune, d'accord?

Il fit oui de la tête, n'osant désobéir à ma tante Laure, et il se dirigea vers la grange, Aimé-Louis dans son sillage, ce dernier trop heureux d'échapper à ma surveillance. La présence de notre voisin avait ses bons côtés.

Mes tantes buvaient du thé dans des tasses de porcelaine anglaise. Personne dans le rang Saint-Louis n'en avait d'aussi jolies que celles de ma tante Laure. J'aimais être chez elle parce que tout y était beau: des tapis tressés sur les planchers, des ouvrages de broderie ou de crochet sur les tables vernies, de belles catalognes sur tous les lits. C'était grand, sept chambres, presque autant de lucarnes sous le toit, et ça sentait toujours bon.

Contrairement à Philou qui était coquette, ma tante Laure aimait la simplicité: un chemisier boutonné jusqu'au cou, une jupe bien coupée, ses cheveux où couraient quelques fils argentés tirés en un simple chignon bas.

— Comme ça, Alice-Lauretta, ta mère se repose...

Ma tante était une des rares personnes à me désigner par mon prénom tout au long.

— C'est ton nom, il n'y a pas de raison d'en changer, avait-elle simplement noté un jour.

Elle se tourna vers sa sœur :

— Je ne sais pas comment Marie se débrouille. Alice-Lauretta est bien d'adon : elle fait déjà la cuisine, elle s'occupe des petits...

— C'est vrai qu'elle est vaillante, cette enfant, approuva Philou, me couvant d'un regard attendri.

— Juliette t'attend dans sa chambre, me prévint Laure. Monte, ça va te changer les idées.

La fameuse robe neuve de Juliette était étalée sur son lit. Une belle robe comme on en voyait sur les illustrations des fillettes dans la page des « dames » du *Progrès du Saguenay* : une marinière au large col dont les extrémités se prolongeaient en pointes. Je rêvais du jour où j'en aurais une aussi belle, plutôt que d'être obligée de porter ma robe de tous les jours, en coton avec de petites manches droites.

— Moman a choisi du tissu bleu foncé parce que c'est moins salissant, dit ma cousine. Regarde mon ruban neuf, il est plus pâle. C'est joli, non ?

Soyeux, démesurément large, le beau ruban serait magnifique dans ses boucles brunes. J'étais verte de jalousie !

— Même si ma mère me faisait une nouvelle robe pour aller à l'école, elle serait jamais aussi belle que la tienne.

Juliette me dévisagea d'un drôle d'air. Celui qu'elle avait lorsque sa mère lui faisait avouer une bêtise.

— T'en auras pas besoin.

— Pourquoi ? C'est méchant, ça.

— D'après moman, t'iras pas à l'école parce que les Sauvages vont passer chez vous.

Tout à coup, j'eus le cœur gros.

— C'est pas vrai ! Si tu vas à l'école, j'y vais aussi…

— Qu'est-ce que t'as, Alice-Lauretta ? Viens, on va jouer à l'école.

Des sentiments contradictoires se bousculaient dans ma tête. Je hurlai :

— Non !

Je sortis de la chambre en courant, dévalai l'escalier pour me précipiter sur la galerie, au bord des larmes. Mes tantes relevèrent la tête de leur tasse de thé.

— Que se passe-t-il ?

— Juliette dit que j'irai pas à l'école.

Elles échangèrent un regard navré. Ainsi, c'était vrai !

— Ta mère m'a confié hier qu'elle aurait besoin de toi à la maison pour les mois qui viennent, expliqua Philou.

— Ça se peut pas ! m'écriai-je. C'est obligé, d'aller à l'école !

— Non, ça ne l'est pas, déclara simplement Laure. Aucune loi n'oblige les parents à inscrire leurs enfants à l'école.

De retour à la maison, je pressai aussitôt ma mère pour savoir ce qui en était exactement.

— Sois raisonnable, Lauretta.

— C'est injuste ! Juliette y va, elle !

— C'est l'affaire de Laure si elle envoie sa fille à l'école cette année, déclara ma mère sans un brin de compassion. Toi, tu iras l'année prochaine.

— Un an ! C'est bien trop long !

— Plus un mot, Lauretta. Ton père a décidé.

— Je vous déteste !

Désemparée, je courus me réfugier dans ma chambre. Pour le souper, ma mère s'arrangerait toute seule.

— Tu n'as jamais remarqué que ton père ne sait ni lire ni écrire ? me confia le soir même mon oncle Armand.

Souvent, juste avant de me coucher, j'allais m'asseoir à ses côtés dans la grange où il gossait un morceau de bois. De son ciseau à sculpter, il s'amusait à façonner de petits animaux. Nous en avions toute une collection : un castor, une loutre, un loup. Cette fois, le bois avait pris la forme d'une petite souris.

— Chez les Montagnais, la souris a une tâche importante à accomplir : elle doit libérer le soleil dont la course est entravée par un collet. Ce qui exige d'elle de la patience et de l'acharnement.

— C'est vrai ?

— C'est une belle légende, je trouve.

Je n'étais pas d'humeur à entendre une histoire d'Indiens.

— Pourquoi popa est pas allé à l'école ? demandai-je.

— Nous y sommes allés ensemble, commença mon oncle qui sablait son morceau de bois pour le rendre bien lisse. Le pauvre, il a souffert le martyre ! Malgré tous ses efforts pour apprendre, il disait que les lettres dansaient devant ses yeux, qu'il était incapable de se concentrer. Notre mère l'a retiré de l'école au bout d'un an. C'est pour ça que ton père ne veut pas en entendre parler. Il a peut-être peur que la même chose t'arrive.

— Impossible ! Moi, je serai la première de ma classe.

— C'est ce que je crois aussi. Tiens, c'est pour toi, m'offrit-il en déposant entre mes mains la petite souris de bois. Elle t'aidera à te montrer raisonnable. D'ailleurs, tu n'as pas le choix.

— Vous comprenez pas ! Si les Sauvages arrêtent pas d'amener d'autres petits frères, j'irai jamais à l'école…

Serrant fortement la petite souris entre mes doigts, je me sauvai parce que je ne pouvais plus contenir mes larmes.

Pleurer devant les autres, je détestais ça… surtout devant mon oncle Armand.

Chapitre 2

La visite de l'institutrice

Le lendemain, un boghei conduit par une jeune femme vira dans la cour. Je reconnus mademoiselle Desbiens, l'institutrice de l'école du rang Saint-Louis. Pleine de dignité, les cheveux serrés en un chignon strict surmonté d'un petit chapeau de paille orné d'un simple ruban, elle était vêtue d'une jupe pourpre et d'un chemisier rayé refermé par une jolie broche. Que venait-elle faire chez nous ?

— Bonjour. Tu dois être Alice-Lauretta ?

— Alice, mademoiselle. Lauretta, j'haïs ça.

Elle se mit à rire.

— Tu n'es pas gênée pour ton âge. Sais-tu que ta tante Philomène m'a parlé de toi ?

— C'est vrai ?

— Même si je suis heureuse de faire ta connaissance, j'aimerais plutôt voir tes parents.

— À cause de l'école ?

Elle arborait un air si digne et si confiant qu'à l'intérieur de ma poitrine, tout s'emballa.

— Lauretta ? À qui tu parles ?

Mon père sortit de la grange, intrigué. Quand il reconnut la maîtresse d'école, son visage se rembrunit.

— Qu'est-ce qu'on peut faire pour votre service, mam'zelle ? s'informa-t-il, tout en caressant distraitement l'encolure du cheval de mademoiselle Desbiens.

À le voir conserver sa casquette sur sa tête et saluer mademoiselle Desbiens du bout des lèvres sans même l'inviter à descendre, j'eus honte et me tournai vers ma mère qui venait de la maison, elle aussi sur la défensive.

— Monsieur Gagnon, on m'a appris que votre fille est en âge de commencer l'école.

— Qui s'est permis de se mêler de nos affaires, mam'zelle ?

— Votre sœur Philomène et moi étions compagnes de classe. Elle affirme qu'Alice-Lauretta est sérieuse et en avance pour son âge. Il ne faudrait pas gaspiller d'aussi bonnes dispositions, insista l'institutrice sans tenir compte de l'air buté de mon père.

— Ma sœur a manqué une bonne occasion de se taire. Vous pouvez garder vos grands mots, mam'zelle, Lauretta est trop jeune.

Quand mon père était contrarié, il se braquait. Je commençais à croire que l'intervention de mademoiselle Desbiens était une bien mauvaise idée.

— D'ailleurs, en quoi une fille a besoin d'aller à l'école, je vous le demande !

En entendant ça, tout comme moi, mademoiselle Desbiens sursauta.

— Sachez que l'instruction des filles est une nécessité moderne ! Je m'étonne d'entendre de tels propos de la part d'un Gagnon, le fils d'un commissaire scolaire.

— L'école de Lauretta, mam'zelle, mon père a pas d'affaire à s'en mêler.

Et furieux, il tourna les talons.

Sans se laisser désarçonner, la maîtresse d'école arrêta son regard sur ma mère.

— Madame Gagnon, vous savez bien que c'est important. Vous ne voulez quand même pas qu'une future mère de famille manque de religion. Astheure, c'est fini le temps où le catéchisme se donnait au presbytère. Monsieur le curé se déplace en personne à l'école !

La demoiselle avait beau insister, son discours laissa ma mère parfaitement indifférente :

— Vous êtes bien bonne de vous inquiéter, mademoiselle Desbiens, mais son père a décidé. Lauretta ira à l'école l'année prochaine.

— Je vous en supplie, permettez, moman ! m'écriai-je en voyant mes derniers espoirs s'écrouler. Je vais continuer à vous aider même en allant à l'école.

— C'est dit, Lauretta, coupa ma mère. Vous êtes bien aimable d'être venue jusque chez nous, mademoiselle.

— Je ne manquerai pas d'attendre l'inscription d'Alice-Lauretta pour septembre 1908, madame Gagnon, riposta calmement mademoiselle Desbiens, même si je persiste à penser qu'attendre un an est une perte de temps.

Sur ces paroles, l'institutrice rebroussa chemin, le nez frémissant de désapprobation.

Peu après l'heure du dîner, mon grand-père s'amena chez nous.

Une visite de pépère n'augurait jamais rien de bon. Ma mère ne l'aimait guère, et mon père en devenait mauvais.

— Quand Alfred vient chez nous, c'est pour donner ses ordres, déplorait ma mère.

Il n'avait pas aussitôt le dos tourné que mon père se vengeait en s'en prenant à nous, les enfants, surtout à moi.

Pépère Gagnon impressionnait. Portant avec prestance costume trois pièces, cravate, chemise à col cassé et montre en or à son gilet, traversant le village dans sa belle calèche, tout chez lui rappelait les hautes fonctions. Avec son visage étroit encadré de longs favoris ainsi que d'une affreuse barbichette et de cheveux broussailleux, c'est vrai qu'il ressemblait à l'image du fauve que j'avais vue un jour dans une revue.

Une visite du « lion » restait un événement et nous avions tous suivi ma mère pour assister au spectacle, massés sur la galerie.

— Honoré ! rugit mon grand-père, sans même prendre la peine de descendre de sa calèche.

Mon père sortit de la grange. Les deux hommes se toisèrent comme des coqs de basse-cour : mon père, à claquer ses bretelles, Pépère, les yeux qui jetaient des étincelles.

— J'ai su que ma petite-fille ne rentrait pas à l'école cette année. Moi qui ai enfin réussi à me faire nommer commissaire scolaire ! Tu vas me changer ça de suite et inscrire Alice.

— C'est pas vos oignons ! rétorqua mon père.

Pressentant que la conversation tournerait au vinaigre, ma mère ordonna :

— Les enfants, dans la maison !

Nous obéîmes en vitesse. Même si mon oreille resta collée à la porte-moustiquaire.

— On a besoin d'elle cet hiver, vous savez pourquoi, se justifia ma mère.

— T'auras l'aide de tes deux belles-sœurs et de ta belle-mère pour tes relevailles. En quoi t'as besoin de plus ?

— Le devoir de Lauretta, c'est d'aider sa mère, répliqua mon père.

— Puis toi, ton devoir, c'est de l'envoyer à l'école !

— Ah, ouais ? Moi, je dis qu'une aînée de famille, il faut la dompter jeune si on veut pas avoir de trouble quand elle sera plus vieille.

J'avais entrouvert la porte. Après tout, c'est de moi qu'on parlait…

— Faut-il que je vous rappelle Laure, le père ?

Pourquoi cette allusion de mon père à ma tante ? Je l'ignorais, mais mon grand-père fulminait.

— Blasphème ! Celle-là, tu ne l'emporteras pas au paradis ! Envoye, Gamine, cria-t-il à la jument, on part d'ici !

Mon père le suivit du regard.

— Hé ! Hé !

L'air triomphant, il sortit sa pipe d'une poche de son *ovrâle*, la bourra avec soin, en tira quelques bouffées. Des ronds de fumée s'évanouirent dans le ciel bleu. Et moi, je me morfondais.

— Je suis venue chercher Alice pour l'emmener faire un tour, déclara Philou. Cette enfant a vécu suffisamment d'émotions ces derniers jours, elle a besoin de prendre l'air.

— Très aimable de ta part, Philomène…

Je sursautai. Le ton de ma mère était coupant comme le fil à fromage… En général, elle aimait beaucoup sa jeune belle-sœur, la seule qu'elle s'autorisait à tutoyer dans la famille Gagnon, prétextant qu'elle l'avait connue alors qu'elle n'était qu'une enfant.

— Ouais…, renchérit mon père. On trouve que t'en mènes large avec Lauretta.

Philou le dévisagea d'une drôle de manière. Elle aussi semblait fâchée. Je ne l'avais jamais vue ainsi.

— C'est drôle que tu dises ça, Honoré ! Je m'occupe d'elle depuis qu'elle est au monde et à l'époque, je n'avais que treize ans. Marie, je ne me rappelle pas vous avoir entendus vous plaindre…

Tiens ! Était-ce ce qui expliquait pourquoi mes parents se révélaient incapables de refuser une faveur à mes tantes, surtout à Philou ?

— Alice, mets ton chapeau. Je la ramène pour l'heure du souper, avertit-elle mes parents en les plantant là.

Elle m'entraîna au village, jusqu'au quai. Et elle eut droit à l'expression de toutes mes frustrations.

— Je vais pas à l'école. C'est parfaitement injuste ! Moman… Elle sait lire, elle. Elle écrit même des lettres à son frère, mon oncle Arthur, à *Bur-ling-ton*. Par là, il paraît qu'ils ont des machines à moteur ! C'est au Vermont, dans les États. "Le vaste monde", qu'elle dit. Moi aussi, je veux écrire des lettres.

— Le vaste monde les attendra, tes lettres, sourit Philou, l'air navré. Au fait, à qui veux-tu écrire ?

— À ma cousine Cécile, à Chicoutimi, la fille de ma tante Magué. Comme ça, on apprendra à se connaître parce que je l'ai jamais vue encore.

— C'est une idée… Tu verras. Une année, c'est vite passé. Et puis, nous nous verrons souvent. Viens, marchons.

Fait de pierres empilées et de bois, le quai de l'Anse-aux-Foins s'avançait dans le Saguenay. À marée haute, entourées d'eau comme si nous étions sur une île, nous contemplions les navires amarrés au large.

— Des transatlantiques qui ne peuvent naviguer jusqu'à Chicoutimi, expliqua Philou.

— À cause ?

— C'est ici que s'achève le fjord, poursuivit-elle. En amont, l'eau n'est pas assez profonde pour des bateaux de haute mer. Ils attendent donc sagement devant chez nous les barges et leur chargement de ballots de pulpe de bois qui proviennent de l'usine de la ville.

Certains jours, en effet, on les voyait, ces barges qui avaient l'air minuscules à côté des longs bateaux aux hautes cheminées qui exhalaient des fumées noires au milieu des mâtures.

— Ils transportent uniquement les ballots de pulpe ?

— Oh non ! Dans nos régions, grâce au lait de nos vaches, nous fabriquons aussi du fromage. Des milliers de livres de fromage que les gens d'Angleterre apprécient.

— Où vont les bateaux, après ?

— Ils descendent le Saguenay jusqu'au grand fleuve Saint-Laurent et, par la suite, ils traversent le golfe et l'océan jusqu'en Angleterre.

Elle étendit ses bras comme pour embrasser le fameux vaste monde.

— Tu vois, là-bas ? ajouta-t-elle en désignant les flancs arrondis des sommets qu'on apercevait sur l'autre rive. Ce sont les Laurentides. Au-delà, c'est Charlevoix. Pépère Alfred est né par là-bas.

— Tu y es déjà allée ?

— Ça n'a jamais adonné.

— Et qu'y a-t-il après ?

— Baie-Saint-Paul, Québec, Montréal.

— Et Burlington ?

— Oui, plus loin, beaucoup plus loin, il y a les États-Unis.

En marchant sur le quai, j'imaginais les lettres de ma mère voyageant au-delà des rivières et des montagnes. Elles traversaient ce grand fleuve dont parlait Philou vers des univers lointains dont j'apprenais l'existence.

— Philou, ensemble, on pourrait y aller ?

J'étais prête à partir avec elle, n'importe où.

— Sois patiente ! Lorsque tu seras grande, tu décideras toi-même de ton avenir.

— Est-ce possible ?

— Bien sûr ! Moi aussi, je rêve d'un autre monde que celui de l'Anse-aux-Foins.

C'était bon de rêver. Elle se mit à rire.

— Viens, on rentre.

Chapitre 3

Un deuxième malheur

La rentrée scolaire de 1907 s'était donc déroulée… sans moi. La forêt se colorait de ses parures d'automne, des odeurs de terre mouillée et de feuilles mortes nous saisissaient dès qu'on ouvrait la porte. Porte que je tenais close afin de ne pas entendre les cris joyeux des enfants du voisinage qui se rendaient à l'école. Je me réfugiais plutôt dans un recoin d'où je ne pouvais ni les voir ni les entendre.

De jour en jour, ma mère se fatiguait un peu plus.

— J'arrive plus à me pencher, se plaignit-elle avant de regagner sa berceuse.

Je venais d'installer Albert dans sa chaise haute tout en surveillant Alphonse et Aimé-Louis qui, comme toujours, cherchaient à s'étriver, quand mon père rentra en aboyant :

— Lauretta !

Je sursautai ! Il avait ce ton détestable qui annonçait les mauvaises nouvelles.

— À partir d'aujourd'hui, tu t'occupes du poulailler.

— Le poulailler ? Et qui fera le déjeuner, les lits ?

— C'est simple, tu iras aux poules avant le déjeuner. Les lits attendront.

— Pourquoi moi ? Pourquoi pas Aimé-Louis ?

— Il est trop jeune, intervint ma mère, toujours à couver mon frère. Il casserait les œufs.

Aimé-Louis n'était plus un bébé en robe, il portait des culottes courtes ! Sa seule tâche consistait à rentrer le bois de l'appentis à la maison, ce qu'il négligeait de faire un jour sur deux. Le plus souvent, je devais m'en charger.

— J'haïs ça, le poulailler ! Les poules sentent mauvais, les oies sont méchantes et j'ai peur d'entrer dans l'enclos.

— Ça suffit les pleurnicheries ! coupa mon père. Le poulailler, c'est une affaire de femmes et ta mère peut plus s'en charger. Grouille-toi, Lauretta !

— Lauretta ! Lauretta ! J'haïs ça, Lauretta ! m'écriai-je, révoltée, au bord des larmes.

Mon père darda sur moi un regard noir. Je capitulai.

— J'irai au poulailler dès que tout le monde aura déjeuné.

Satisfait, le paternel attaqua l'assiette de fèves au lard que je venais de lui servir.

Ce qui ne m'empêcha pas de trouver dix prétextes afin de repousser le plus possible la détestable corvée. Un miracle que ma mère me donne une tâche urgente qui me retienne à la maison ! Aller rincer les couches sales, par exemple.

— Moman, je peux vous préparer une rôtie si vous voulez.

— Mange, plutôt, sinon t'auras pas le temps. Les poules commencent à criailler. Je vais coucher le petit, puis voir à ce que les garçons s'habillent.

Mon oncle Armand me regardait manœuvrer d'un œil amusé.

— Ne fais pas la mauvaise tête, Alice. Finis de manger, je vais t'accompagner.

Mon gruau avait tiédi, la cassonade ne fondait pas ; je pris une bouchée malgré un haut-le-cœur, comme pour une cuillerée d'huile de foie de morue.

— Ça ira aux poules, bougonnai-je en repoussant mon bol. Elles seront bien contentes.

Mon oncle partit d'un grand rire. Je chaussai de vieilles bottes de caoutchouc ayant appartenu à Philou et sortis.

Le plus dur, c'était de pomper l'eau du puits de la cour et de transporter les seaux jusqu'au poulailler. Je manquais de force lorsqu'ils étaient pleins, il me fallait donc plusieurs voyages pour servir de l'eau fraîche à ces volatiles qui caquetaient en faisant voler leurs plumes.

— Laisse faire ça, me proposa mon oncle. Je m'en charge. Occupe-toi plutôt de nettoyer le poulailler.

Vu l'odeur qui régnait, un bon ménage s'imposait. Après avoir ramassé les œufs et les avoir déposés soigneusement dans le panier afin de bien les laver dans l'évier de la cuisine, je pris la pelle pour repousser le fumier en retenant mon souffle. Je n'osais penser à tous les microbes qui se cachaient dans la paille souillée d'excréments. Puis je remis de la paille fraîche. Restait le pire : l'enclos des oies. Je n'avais pas aussitôt poussé la barrière que le jars, menaçant, battit des ailes et s'élança pour me donner des coups de bec.

— Au secours, mon oncle !

Chargé de seaux remplis à ras bord, mon oncle Armand laissa tout tomber pour attraper le mâle.

— Attends une minute, mon snoreau ! s'exclama-t-il.

— Oh, non ! m'écriai-je.

L'eau répandue avait transformé le sol en une boue sur laquelle je glissai pour tomber sur les fesses, maculant ma robe.

— Rentre te changer…, compatit mon oncle. Je vais finir.

Dans la cour, un misérable caillou reçut un vigoureux coup de pied de ma part avant d'atterrir dans l'enclos des oies, provoquant un concert de protestations.

— Bien fait pour vous !

Je ne possédais que deux robes : celle que je portais la semaine, que j'avais frottée puis mise à sécher plus tôt après l'incident du poulailler, puis celle du dimanche, toute neuve et confectionnée par Philou dans le même tissu que la sienne, un lainage bordeaux à petites fleurs jaunes. Ma robe de semaine serait encore humide demain. J'espérais que ma mère m'autorise à porter l'autre si j'allais chez ma tante Laure. Elle était tellement belle avec ses manches bouffantes ! Que j'aimais marcher dans le rang en faisant virevolter la large jupe ! Sinon, je devrais rester en chemise, à la maison. J'haïssais ça, passer une journée en chemise !

Nous allions passer à table quand mon oncle Armand, qui était sorti, revint de chez mes grands-parents.

— Ça y est ! déclara-t-il, tout content.

— Que se passe-t-il ? demanda ma mère, intriguée.

— Je m'installe chez moi dès la semaine prochaine.

— Ça se peut pas, mon oncle ! m'écriai-je, assommée par cette annonce.

Depuis des mois, mon oncle Armand construisait sa maison sur une terre voisine de la nôtre. Plus d'une fois, il m'avait expliqué qu'il irait bientôt y habiter. Dans ma tête, c'était impossible: je ne pouvais imaginer ne plus le voir chez nous. Bien malgré moi, mes yeux picotaient. J'étais tellement chamboulée qu'un peu plus et j'échappais le bol de soupe que j'étais en train de servir.

— Et qui va vous nourrir?

— Rassurez-vous, Marie, je suis tout à fait capable de me faire à manger. Et puis, je finirai bien par me marier un jour.

— En attendant, vous pouvez continuer de prendre vos repas chez nous, vous savez.

— Vous êtes bien fine de vous préoccuper de ma santé, mais il est grand temps que je débarrasse le plancher. Et comme ç'a tout l'air que vous aurez bientôt besoin d'espace supplémentaire...

Il laissa sa phrase en suspens, une lueur taquine dans les yeux.

— Méfiez-vous, Armand, vous allez dire une polissonnerie, fit-elle dans un sourire.

Ma mère plaisantait souvent avec mon oncle. Elle était belle alors, les yeux aussi brillants que ses cheveux foncés. Les voir rire ensemble, c'était plaisant, seulement là, j'avais le cœur en gibelotte.

Je me levai de table pour aller chercher d'autre thé. Sans le vouloir, je déposai un peu trop brusquement la théière devant mon oncle et du liquide chaud s'échappa du bec.

— Hé! Ce n'est pas nécessaire de répandre du thé sur ma salopette pour me punir, protesta-t-il.

Ses yeux riaient; moi, j'étais mortifiée. Je n'avais pas l'habitude d'être si maladroite.

— Qu'est-ce qui te prend, Lauretta? sursauta mon père.

— Pardon, mon oncle, j'ai pas fait exprès, murmurai-je.

Honteuse, je détournai le regard. À son tour, mon oncle se désolait :

— Ne dispute pas, Honoré. Je blaguais. Tu sais comment j'aime taquiner ma nièce.

— Ouais… je trouve que t'as plutôt tendance à l'excuser. Dans le fond, c'est pas mauvais que tu partes.

— T'es si content que ça de me voir déguerpir ? railla mon oncle.

— C'est pas ça.

Quand mon père se frottait le menton comme il le faisait en ce moment, c'était signe qu'il était contrarié.

— Tu comprends… La ferme et tout ce qu'il y a à faire…

— T'en fais pas, Honoré…, le rassura Armand. Tu pourras toujours compter sur moi pour les gros travaux.

Je croyais avoir un meilleur moyen de faire en sorte que mon oncle change d'idée et qu'il reste chez nous :

— Pour dessert, je vais faire un gâteau blanc comme vous l'aimez.

Plutôt que de manifester son plaisir, pour toute réponse, il s'approcha de moi, posa un genou à terre afin d'être à ma hauteur et m'offrit ce sourire que j'aimais tant :

— Je ne t'abandonne pas.

— Oui ! m'écriai-je, l'air buté.

— Je ne serai pas loin, ma petite Alice.

Il y avait une telle douceur dans sa voix que j'en étais toute remuée.

— Ma maison est juste à côté. Tu pourras venir me voir tous les jours.

— Même quand j'irai à l'école ?

— Aussi souvent que tu le souhaiteras.

Malgré cette promesse, en me glissant sous les draps, j'étais triste.

Chapitre 4

Coup sur coup !

— Il était temps qu'Armand parte, commenta ma tante Laure le lendemain. Ton père ne peut pas se plaindre ! Dès le début, il a eu l'aide de notre frère. Même que c'est à son tour de lui rendre la pareille pour qu'Armand puisse enfin se marier.

— Je veux PAS que mon oncle se marie.

— Ne sois pas sotte, Alice-Lauretta. Tout le monde finit par se marier.

— Et moi, je vais être prise avec les poules ! m'indignai-je.

— C'est donc ça qui te dérange ?

— Non, voyons ! Je l'aime, mon oncle Armand. Je préférerais qu'il reste chez nous.

— Bah ! Tu finiras par t'en accommoder… Concentre-toi sur ton ouvrage, pour penser à autre chose.

Il avait été convenu que ma tante Laure m'enseignerait la broderie. À sa manière, je la soupçonnais de vouloir adoucir mon sort.

— Puisque les autres sont à l'école et qu'Alice-Lauretta a du temps après le dîner, aussi bien en profiter, avait-elle expliqué à mes parents. Vous me l'enverrez les jours où il fera beau : la lumière du jour est essentielle pour bien travailler.

Ma mère, elle-même peu douée pour les arts féminins, avait remercié en balbutiant :

— Vous êtes bien bonne !

Ainsi, au moindre rayon de soleil, je me précipitais chez ma tante qui m'apprenait comment tendre le tissu sur le cerceau de bois, piquer le canevas d'un fil coloré ou m'appliquer à faire des petits points égaux en suivant le dessin d'une fleur. J'adorais ça.

— C'est la robe que Philomène t'a faite ? demanda-t-elle en voyant que je portais ma robe neuve.

Après que j'eus raconté ma mésaventure de la veille pour expliquer une tenue du dimanche en pleine semaine, je tournoyai fièrement pour la montrer. Ma tante Laure s'approcha pour examiner attentivement le vêtement, inspectant les coutures, retournant l'ourlet.

— Ma sœur a fait de la belle ouvrage ! décréta-t-elle. C'est moi qui lui ai appris à travailler. Tu vois, si tu t'appliques, tu deviendras aussi adroite qu'elle.

Elle disait ça sans forfanterie.

— Laure est une artiste, affirmait souvent ma mère.

C'était la vérité. Ses mains habiles cousaient, brodaient, tricotaient, tissaient. Laure confectionnait sur son métier à tisser des pièces uniques et convoitées au-delà de l'Anse-aux-Foins. Madame Maltais, la marchande générale, tenait pour la tisserande le carnet de commandes de ses catalognes, fort prisées par les dames de la ville.

Cet après-midi-là, sans que je puisse affirmer que c'était pour me consoler du départ de mon oncle ou du fait que je n'étais pas entrée à l'école, car Laure était avare de paroles, ma tante me fit un cadeau inestimable: un cerceau en bois, des écheveaux de fils colorés et une aiguille. Je revins chez moi en tenant mon premier nécessaire à broder pressé sur ma poitrine.

À la maison, mon père se berçait durant que ma mère épluchait des carottes. Je repris mon tablier pour l'aider à faire le souper, pleine de zèle à la pensée qu'après le repas, je pourrais m'exercer à broder un mouchoir. Et à voir mon oncle Armand assis à sa place habituelle à bourrer sa pipe, je voulais croire que rien n'avait changé.

— Ce mois-ci, nous avons livré chez Bouchard deux mille livres de lait, expliquait-il, dressant le bilan des derniers mois, l'air satisfait.

Mon père hochait la tête en se frottant les mains.

— Calvaise! À quatre-vingts cennes le cent livres, ça nous fait cent soixante belles piastres! L'avoine a levé, on va avoir une bonne récolte. Pour une fois, le père va être content, on va pouvoir lui rembourser l'argent avancé pour les semences.

Puisque tout le monde était de bonne humeur, j'en profitai pour exhiber mon cerceau:

— Regardez ce que ma tante Laure m'a donné!

— C'est bien généreux de sa part, approuva ma mère.

— Ça, c'est Laure tout craché! lança mon père, qui pouvait changer d'humeur en l'espace d'une seconde. Comme si t'avais du temps à perdre!

Sa grogne passa sans m'atteindre; je ne l'écoutais même pas, contemplant mon trésor fait de bois fin et orné d'une vis en laiton.

— Voyons donc, Honoré ! voulut le raisonner ma mère. C'est utile, la broderie. Pense à nos beaux draps reçus en cadeau de mariage, brodés par Laure !

— La belle affaire ! Lauretta perdra pas son temps à des niaiseries. Donne-moi ça ! ordonna-t-il.

— Non !

— Quand même, Honoré, c'est un cadeau de Laure, intervint mon oncle.

— Laure a pas à me dicter quoi faire dans ma maison !

— Ce n'est pas de ça qu'il est question.

— Donne, Lauretta ! insista mon père sans tenir compte de l'avis de mon oncle.

— Mais popa !

Ne pouvant me résoudre à me faire confisquer le précieux cerceau, je le maintenais serré tout contre moi, quand soudain, surgissant de nulle part, Aimé-Louis chercha à me l'arracher des mains.

— Montre ton cadeau !

— Non, c'est à moi !

Furieuse, je tirai de mon côté, lui du sien. La seconde suivante, mon cerceau était cassé en deux.

— Voilà qui règle tout, conclut mon père sans même une remontrance à mon frère qui avait pourtant mal agi.

Des larmes de rage que je retenais avec force piquaient mes yeux.

— C'est injuste !

— Tu devrais pas être à aider ta mère, toi ?

La mort dans l'âme, je glissai les deux morceaux de mon cerceau dans la poche de mon tablier avant d'aller prendre un petit couteau pour éplucher les pommes de terre. En frôlant Aimé-Louis, je glissai entre mes dents :

— Brise-fer ! Tu me paieras ça.

Après le souper, mon oncle commença à transporter ses affaires pour emménager chez lui. J'étais triste en essuyant la vaisselle. Pour me consoler, en retirant mon tablier, je songeais à « me changer les idées », aurait dit ma tante Laure. Même sans cerceau, il me restait le fil et les aiguilles, je pourrais m'exercer à broder. C'était sans compter mon père, le mauvais génie qui s'employait à contrarier mes projets.

— Suis-moi à l'étable !

— Voyons, Honoré, pas avec sa robe du dimanche ! protesta ma mère qui venait de coucher les petits.

— Tant pis ! C'est pas de ma faute. Envoye, toi ! Obéis à ton père.

— Pas à l'étable ! Pas les vaches.

J'eus beau protester, mon père me traîna quand même jusqu'au bâtiment. Je refusai farouchement d'entrer.

— Non ! J'haïs les vaches !

Je n'avais pas peur des vaches, simplement, je les détestais ! Elles étaient là, monstrueuses, nauséabondes ! Indifférente, l'une d'elles alla jusqu'à relâcher une bouse écœurante. Pouah !

— Viens par ici !

Mon père pointait du doigt le tabouret. Il me força à m'y asseoir en me tordant le bras.

— À partir de maintenant, tu feras le train avec moi.

— Non !

Il me tenait fortement les mains pour les approcher de l'énorme pis aux tétines noires. Je résistai tant que je pus pour ne pas le toucher.

— Ma calvaise de tête dure ! Tu vas faire ce que j'te demande.

— Non !

Je protestai de plus belle tout en cherchant à me dégager. Mais il m'attrapa par la taille. Cette fois, ce fut lui qui s'assit sur le tabouret pour me renverser sur ses genoux.

— Je vais t'apprendre à obéir à ton père.

J'eus beau me débattre comme une diablesse, mon père fut le plus fort. Il releva ma robe et pan ! une claque sur les fesses. Et pan ! une autre, puis une autre. Plus je criais, plus il continuait.

— Hé ! Qu'est-ce qui se passe ici ?

C'était la voix de mon oncle Armand. Surpris, mon père me laissa aller. J'en profitai pour me réfugier dans un coin. Des larmes de honte brûlaient mes yeux sans que je puisse les retenir.

— Ce qui se passe ? Mam'zelle ma fille refuse d'apprendre à traire une vache. Mam'zelle ma fille me fait perdre mon temps.

— Elle n'est pas un peu trop jeune pour ça ? s'objecta mon parrain.

— Trop jeune ? Elle aura sept ans !

— Maudite affaire ! Elle n'est pas forte. Quand je la vois, pauvre fétu de paille, à soulever des seaux d'eau… Et pourquoi Marie n'aide pas à traire les vaches ?

— Dans son état ?

— Notre mère le faisait. Souviens-toi, elle traînait la marmaille à l'étable, c'est comme ça qu'on a appris à traire, continua mon oncle. En la regardant. Sauf Alicia, bien sûr, qui n'a jamais voulu, ajouta-t-il avec un air entendu.

— Laisse Alicia où elle est !

— Regarde-la ! insista mon parrain. Pas plus grosse que notre sœur. Et ces yeux noirs, cet air rebelle et cette manière de croiser les bras… On dirait Alicia tout craché.

— C'est qui, Alicia ? osai-je demander, malgré mes fesses douloureuses.

L'espace d'un instant, je crus voir une ombre passer entre les deux frères. Mon père arborait un visage dur, mon oncle souriait. Ce fut lui qui rompit le silence.

— J'étais venu t'annoncer que tout bien réfléchi, j'ai le temps de faire le train comme à l'accoutumée, dit-il à mon père.

Je déguerpis sans demander mon reste. Une fois seule dans ma chambre, je me déshabillai. Secouée par de gros sanglots, je pouvais enfin laisser libre cours à mon chagrin.

Je finis par reprendre mon souffle. Ma belle robe, témoin de mon humiliation, gisait dans un coin, déchirée. Revêtue de ma chemise de nuit, je redescendis subrepticement dans la cuisine pour fouiller dans la corbeille à ouvrage de ma mère et trouvai ce que je cherchais. Une fois de retour dans ma chambre, armée d'une paire de ciseaux, je donnai de grands coups dans ma robe.

Le lendemain, à l'heure du déjeuner, lorsque Aimé-Louis s'installa à sa place pour lancer son habituel « j'ai faim », ma vengeance était prête :

— T'as qu'à faire ton déjeuner tout seul.

— Je suis pas capable ! pleurnicha mon frère.

— Eh bien, tu feras comme moi, t'apprendras !

— Voyons donc, Lauretta, à cause t'es pas fine de même ? me blâma ma mère.

— À partir de maintenant, qu'Aimé-Louis s'arrange tout seul pour déjeuner.

— Excuse-toi auprès de ton petit frère, puis fais ses toasts, ordonna mon père.

— Personne l'a obligé à s'excuser, lui, quand il a cassé mon cerceau. Vous pouvez me battre tant que vous voudrez, je changerai pas d'idée, ajoutai-je, résolue, aussi inébranlable que les monts Valin.

— Calvaise de tête dure! marmonna mon père en sortant, laissant ma mère s'arranger avec les enfants.

Celle-ci délaissa la chaise berçante pour faire des rôties à ce bon à rien d'Aimé-Louis. Tant pis pour elle. C'était de sa faute si mon frère était trop gâté.

Chapitre 5

La promesse de Philou

Ma mère avait entrepris une lessive du linge de maison. Les draps séchaient au grand vent quand la calèche de pépère Gagnon s'arrêta dans la cour. C'était Philou !

— Entre donc, Philomène ! Aimerais-tu une tasse de thé bien chaud ? l'accueillit ma mère, tout aussi contente que moi de la voir.

— Volontiers, Marie. Le vent pique le visage, à matin !

À peine avait-elle posé un pied dans la cuisine que les garçons l'entourèrent, devinant les bonbons dissimulés dans le drôle de petit sac bordé de franges qu'elle avait elle-même confectionné.

— Vos mains sont-elles propres ? demanda-t-elle en riant pour riposter à l'assaut.

Répandre la bonne humeur était un autre de ses talents ; elle arrivait même à arracher un sourire à mon bourrasseux de père ! D'ailleurs, en apercevant la voiture de pépère Gagnon entrer dans la cour, il était sorti de son antre – la grange – pour venir saluer sa jeune sœur.

— Que nous vaut l'honneur d'une visite ?

— Avec votre permission, je viens vous enlever Alice, commença Philou. Nous allons recevoir la visite de religieuses. Tu comprends, Honoré, que depuis que notre père est devenu maire de l'Anse-aux-Foins, il nous revient de recevoir des visiteurs importants. Monsieur le curé en personne est venu nous demander d'héberger ces saintes femmes. J'ai pensé que ce serait bien pour ma nièce qu'elle les rencontre.

Ma Philou me donnait toujours l'impression d'être grande et sérieuse. Et puis, ça me le disait de rencontrer des religieuses, j'étais curieuse de voir celles dont tout le monde vantait le dévouement. Quoique mon père ne partageât pas cette opinion…

— Des bonnes sœurs ? Et puis après ?

— Quelle question ! La vertu est un bon exemple pour ta fille, Honoré.

— Vertu ou pas, si Lauretta finit d'étendre, moi, j'y vois pas d'objection, intervint ma mère en parlant du panier plein de linge humide posé sur la galerie.

Elle ne refusait jamais les demandes de Philou ; ne restait plus qu'à obtenir l'approbation paternelle. Comme si le fait de bouger ne fût-ce que le petit doigt me condamnerait à rester à la maison, je retenais mon souffle en attendant le verdict de mon père qui, lèvres pincées sous sa moustache, faisait mine de réfléchir.

— Puisque ta mère accepte de se passer de toi quelques heures… Remercie ta tante, Lauretta.

Ce que je fis les yeux brillants, toute à ma joie de m'imaginer dans la belle maison de mes grands-parents.

— Pendant que t'attends Lauretta, je vais voir à ton cheval, proposa mon père.

— T'es bien bon, Honoré. Pour les chevaux, t'as un sixième sens.

Mon père se rengorgea de fierté. Lorsqu'il s'occupait des chevaux, il devenait un autre homme: doux et plus attentionné qu'il ne le serait jamais avec ses propres enfants. Le compliment ne l'empêcha pas d'avoir l'esprit pratique:

— Si je chargeais les bidons du lait d'à matin, tu pourrais les déposer à la fromagerie en passant. T'aurais pas à décharger, le fils Bouchard va le faire.

Elle eut un mouvement d'hésitation, comme si le fait d'arrêter chez les Bouchard l'ennuyait.

— Je veux bien faire ça pour toi, accepta-t-elle néanmoins.

Content, mon père chargea la charrette.

— Lauretta, mets ta belle robe, recommanda ma mère.

— Il faut que je la répare, répondis-je en rougissant jusqu'au trognon.

— Je vais la raccommoder, ça va prendre cinq minutes, suggéra-t-elle.

— C'est parce qu'elle est déchirée.

Philou me dévisagea d'un air soupçonneux. Après un coup d'œil à ma tenue de tous les jours, ma simple robe à manches droites, elle décréta:

— Mets des rubans à tes tresses, ça suffira.

— Qu'est-il arrivé à ta robe du dimanche? m'interrogea-t-elle à peine étions-nous sorties de la cour. À mon souvenir, les coutures étaient solides. Laure m'en a même fait des compliments.

Je m'enfermai dans le silence, trop honteuse d'avouer ce que j'avais fait.

— Alice, n'as-tu rien à me confier?

Pour ne pas répondre, je contournai la question.

— Philou, c'est qui, Alicia?

Elle fut si surprise par ma demande que les guides lui glissèrent des mains. Heureusement que le cheval connaissait le chemin, sinon nous serions allées droit vers le bas-côté.

— Qui t'a parlé d'elle ?

— L'autre jour, dans l'étable, mon oncle Armand a dit que je lui ressemblais.

À ma grande surprise, ses yeux se mouillèrent, moi qui voulais simplement qu'on cesse de parler de la robe. Malgré sa réaction, trop curieuse, j'insistai :

— Qui est Alicia ?

— C'était ma grande sœur.

— Comme ma tante Laure ?

Elle hocha la tête.

— Que lui est-il arrivé ?

— Elle s'est mariée, puis elle est morte.

Sa voix tremblait, son chagrin paraissait si vif que j'eus de la peine moi aussi.

— Elle était comment, ma tante Alicia ?

— Elle était vive comme le vent.

Du revers de la main, elle essuya ses larmes, le regard lointain comme si l'image de la mystérieuse Alicia se profilait à l'horizon.

— Tu l'aimais ?

— Oh, oui !

De nouvelles larmes perlèrent à ses yeux.

— Alicia… Plus personne ne veut se souvenir d'elle, comme si la douleur allait se fondre dans le silence. Ma mère pleure dès qu'elle entend prononcer son nom et mon père devient aussi sombre qu'une nuit sans lune. En même temps, c'est comme si elle n'avait jamais existé parce qu'on n'en parle pas, et ça aussi, ça fait mal. Il n'y a plus qu'Armand et moi pour évoquer sa mémoire. Elle nous manque toujours.

— Pas à mon père.

— Pourtant, si tu t'appelles Alice, c'est en son honneur.

J'étais plus intriguée que jamais.

— À cause ?

— Je t'expliquerai. Remettons cette conversation à plus tard, veux-tu ? Dans un boghei, ce n'est pas la place.

Elle avait retrouvé son air habituel.

— Qu'est-il arrivé à ta robe ?

— Je veux pas te le dire.

— C'est à cause de ce qui s'est passé dans l'étable l'autre jour ?

Ainsi, elle était au courant de la plus grande honte de ma vie.

— Ton parrain m'a tout raconté.

Je lui narrai donc mes dernières mésaventures, le cerceau cassé, la robe que de rage… j'avais lacérée.

— Ça, jeune demoiselle, c'est de l'orgueil ! Jure-moi de ne plus recommencer.

Profondément désolée de l'avoir déçue, je promis.

— Tu me donneras la robe, je verrai ce que je peux faire.

Nous arrivâmes chez le fromager. Une coquette maison entourée de bosquets de fleurs reflétait l'aisance de la famille Bouchard. La voiture s'arrêta devant un grand bâtiment en retrait, tout en clin de bois blanc surmonté d'une cheminée de briques et de deux longs tuyaux qui répandaient une odeur nauséabonde. Ça empestait les remugles de lait…

Pouah ! Pourvu qu'on ne s'attarde pas ici, sinon j'aurais mal au cœur.

Un jeune homme en bretelles et bras de chemise vint à notre rencontre. Reconnaissant Philou, il devint rouge comme une tomate.

— Eh bien, mademoiselle Gagnon, si je m'attendais à vous voir livrer du lait, bredouilla-t-il tout en triturant une misère de moustache.

— Je n'en ferai pas une habitude, Martin Bouchard, répondit-elle vivement. Aujourd'hui, je rends simplement service à mon frère.

— Pour sûr ! C'est pas de l'ouvrage pour une demoiselle comme vous.

Petit Jésus ! Il la dévisageait d'une telle manière que je devinais pourquoi elle était réticente à faire une halte à la fromagerie.

— Descendez donc ! C'est Jémina qui sera contente d'apprendre que vous êtes là. Ça vous fera de la compagnie pendant que je décharge.

Le voyant courir en direction de la maison, elle soupira :

— Puisqu'on ne peut pas faire autrement que d'aller saluer, descendons.

— T'aimes pas les Bouchard ?

Elle haussa les épaules en essayant de prendre un air indifférent et pourtant, je voyais bien qu'elle était contrariée.

— Sa sœur était dans ma classe. C'est la fille la plus effrontée que je connaisse, ajouta-t-elle en gravissant les deux marches du perron.

Jémina Bouchard apparut dans le cadre de porte. Au lieu de nous inviter à entrer, elle avança d'un pas, nous obligeant par le fait même à reculer, et nous restâmes debout comme des codindes sur le perron. Plutôt grande, un flot de longs boudins noirs s'étalait sur son chemisier blanc, dont le col s'ornait d'un camée. Elle dévisageait ma Philou de ses yeux bleu foncé, vifs et perçants.

— Hé, chère ! Si je m'attendais à te voir ! Et cette enfant mince comme une brindille, c'est la fille d'Honoré ? Tu en as mis du temps pour me présenter ta protégée !

— Seigneur ! soupira Philomène. C'est bien toi, Jémina : un déluge de paroles.

— La faute à qui, ma belle amie ? Ça fait tellement longtemps que tu n'es pas venue jaser.

Les jeunes femmes s'entre-regardèrent : les yeux malicieux de Jémina d'un côté, l'air embarrassé de Philou de l'autre, comme s'il flottait dans l'air un secret gênant.

— Il paraît que le fils du forgeron vient souvent veiller. Il a fait sa demande ? demanda sèchement Philou.

Petit Jésus ! Ce ton froid, je ne la reconnaissais plus.

— Oui, chère, et je vais peut-être accepter, répondit Jémina avec une insolence narquoise. Et toi, Philomène Gagnon ? Tu sais que mon frère ne demande qu'un signe d'encouragement pour aller veiller chez vous ! À moins que tu n'aies des vues sur quelqu'un d'autre ?

Elle la fixait avec insistance puis, sans crier gare, elle s'empara de ses mains pour les serrer tout contre elle :

— Penses-y, nous serions belles-sœurs, nous serions proches pour toujours, ce serait formidable !

Horriblement gênée, ma tante retira brutalement ses mains.

— Ne fais pas simple, Jémina…

— Toujours aussi frileuse, ma chérie, riposta l'autre.

Cette femme, avec ses simagrées, et qui se comportait comme si Philou lui appartenait… Je tirai sur la jupe de ma presque sœur.

— Est-ce qu'on peut partir ? Ça pue, ici. Je vais vomir.

Jémina eut un regard mauvais.

— Tu ne devrais pas être à l'école, toi ?

— Des religieuses nous attendent chez ma grand-mère, répliquai-je pour lui montrer qu'elle ne m'impressionnait pas.

— Voyez-vous ça ! Des religieuses ! répéta la Jémina. Pense plutôt à ce que je t'ai dit, ma chérie…

— Adieu, Jémina.

Une fois que je fus remontée en voiture, mon exaspération éclata.

— “Ma chérie” par-ci, “ma chérie” par-là… Pour qui elle se prend, Jémina Bouchard ?

— Jémina se croit tout permis. À l'école, elle était si populaire que j'ai vu des filles faire des bassesses pour devenir son amie.

— Toi aussi, tu as fait des bassesses ?

Philomène eut un drôle de sourire.

— Curieusement, elle m'acceptait telle que j'étais. De plus, je ne cherchais pas à me faire des amies à tout prix : j'avais Alicia.

— Je déteste cette Jémina, déclarai-je.

— Alicia ne l'aimait pas non plus, murmura Philou.

— Ça ne m'étonne pas !

À mesure qu'on s'éloignait de la fromagerie Bouchard, une autre question me turlupinait.

— Tu veux te marier, Philou ?

— À vrai dire, je n'y pense même pas. Je n'ai aucun désir de me marier.

Fiou ! Rassurée, j'oubliai aussitôt les Bouchard. Parce qu'avec le départ de mon oncle Armand, sans Philou, le monde s'écroulerait.

Bientôt, nichée au bas de la côte, nous aperçûmes l'imposante maison blanche de mes grands-parents, située peu avant le village, sur la route de Sainte-Anne. Elle avait fière allure avec son toit percé de lucarnes et sa longue galerie. J'aimais la vieille balançoire dans laquelle nous nous blottissions l'une contre l'autre les jours de beau temps. Philou me racontait ensuite mes passages préférés de l'histoire sainte : Moïse sauvé des eaux par une Égyptienne, la mer Rouge obéissant à Josué, le sacrifice d'Abraham… Elle le faisait avec ferveur, comme si elle-même avait assisté à ces événements. En l'écoutant, j'imaginais ces contrées mythiques gouvernées par Dieu. Un monde bien loin de l'Anse-aux-Foins.

— Des fèves au lard comme tu les aimes, ma belle Alice, au sucre fin plutôt qu'à la mélasse, m'annonça mémère Josette qui avait revêtu sa robe du dimanche en l'honneur de la visite des religieuses et retiré son ridicule bonnet de coton à l'ancienne mode pour laisser voir son chignon gris.

Et sur la table, ô bonheur ! était disposée la vaisselle des grands jours : un service Wedgwood au décor bleu, un paysage de maisons aux toits de chaume.

Je brûlais d'entendre parler de ma mystérieuse tante Alicia. Je n'osais aborder le sujet parce que, vu la forte réaction de Philou, je redoutais de chagriner mémère.

Ma grand-mère jeta un coup d'œil à l'horloge qui montait la garde près du salon.

— Ton grand-père ne devrait pas tarder. Il est allé chercher les religieuses à la traverse de Sainte-Anne. Puis, chez vous, tout le monde est de bonne humeur ? Personne de malade ?

Pendant que mémère s'informait des dernières nouvelles, Philou farfouillait dans le bahut.

— Avez-vous besoin d'aide avant le dîner, moman ?

— Pantoute, ma fille. Ne manque plus que la visite pour passer à table.

— Dans ce cas, si ça ne vous dérange pas, Alice et moi allons les attendre dans le salon.

Elle avait trouvé ce qu'elle cherchait: une vieille photographie.

— Moman… J'ai décidé de lui parler d'Alicia.

Le visage de mémère se décomposa et devint pâle comme la mort. Je crus qu'elle allait s'évanouir, puis elle se ressaisit.

— Bonté divine!

Elle s'empara de la photographie pour la contempler longuement, les yeux humides. Philomène enlaça tendrement sa mère qui fourrageait dans sa poche pour trouver son mouchoir.

— Si tu crois que c'est la chose à faire, Philomène, je n'ai rien à redire. Là, j'ai grand besoin de m'étendre.

Elle disparut dans la profondeur de sa chambre.

Recroquevillée contre Philou sur le sofa du salon, respirant sa bonne odeur de savon de toilette, j'examinais la grande image aux coins jaunis où une jeune femme gracile retenait un sourire.

— C'est un daguerréotype d'Alicia.

— Quel beau chapeau! Elle ressemble à une demoiselle de la ville!

— Le portrait a été pris chez le photographe Légaré de la rue Racine à Chicoutimi, peu de temps avant son mariage. Alicia s'y était rendue avec notre père pour choisir les meubles de son futur ménage: c'était sa dot.

— Je pense que je l'aurais aimée, ma tante Alicia.

Elle plongea dans ses souvenirs.

— Alicia fonçait droit devant, sans trop se soucier de ce que pouvaient penser les autres. Comment peut-elle être morte puisqu'elle était la vie même ? Elle avait de la repartie, des remarques piquantes franchissaient ses lèvres, puis elle se faisait pardonner d'un de ces sourires à faire damner un saint. Elle était la préférée de notre père.

— Et tu n'étais pas jalouse ?

— J'adorais ma sœur. Chaque soir, lorsque nous nous retrouvions dans notre chambre, blotties l'une contre l'autre, c'était l'heure des confidences.

— Comme nos deux !

Philou sourit.

— Alicia rêvait de se marier, pendant que moi, je menais une paisible vie d'écolière.

— Et ensuite ?

— Alicia avait un cavalier. Quand il venait veiller, c'est moi qui faisais le chaperon.

— Un chaperon ?

— Avant le mariage, il faut un chaperon pour surveiller les fiancés, c'est comme ça. Les soirs convenus, Armand et moi attendions le cavalier d'Alicia. C'était drôle ! Eugène tortillait sa casquette en saluant nos parents.

— Il avait peur de pépère ?

Elle éclata de rire.

— C'était un Tremblay Renard ! Après ce qui s'était passé avec Laure, on comprend qu'il se méfiait, laissa-t-elle échapper.

— Quoi, Laure ?

— Laure aussi a marié un Tremblay Renard, mais c'est une autre histoire, se défila-t-elle. S'il faisait beau, Alicia entraînait Eugène dans la balançoire. Sinon, ils veillaient au salon. Même s'ils se tenaient à une distance respectueuse sur ce même sofa, je voyais bien que leurs mains se cherchaient. Armand ne restait pas longtemps. Et Alicia trouvait mille prétextes pour m'éloigner: "Philou, j'ai soif, va nous chercher des verres d'eau... de la limonade... le sucre à la crème que tu as fait cet après-midi. S'il te plaît, Philou..."

— Et le soir, elle te racontait tout?

— Même son premier baiser, échangé au cours d'une promenade. "Ah! Ma Philou! C'était étourdissant", m'avait-elle avoué. Et ses yeux pétillaient comme des bulles de *ginger ale*.

— Elle était belle?

— Il fallait la voir parader au bras d'Eugène sur le trottoir de bois! Pour sûr, il y avait bien quelques envieux pour la traiter de fière-pet! Alicia, elle, s'en moquait: "Des vieilles malcommodes, des marabouts."

— Bien fait!

Des amours, des baisers... j'étais éblouie par cette tante inconnue.

— Et toi, as-tu déjà embrassé un garçon?

— Un garçon? Non, jamais.

Elle semblait se perdre dans de graves pensées. Après un court silence, je demandai:

— De quoi elle est morte, ma tante Alicia?

— De maladie..., répondit précipitamment Philou, sans préciser laquelle. Pourquoi Dieu rappelle à lui une belle et jeune femme? C'est un mystère. Nous avons tant prié...

Que c'était triste! Mes yeux picotaient à la voir si pleine de chagrin. Nous restâmes silencieuses.

— Et puis là commence ton histoire, reprit-elle au bout d'un moment. Aux funérailles d'Alicia, Marie a promis à ma mère que si elle avait une fille, elle la prénommerait Alice en mémoire de ma sœur. Et tu es arrivée.

— Alors… pourquoi je m'appelle Lauretta ?

— Vois-tu, ma sœur avait ses défauts… Disons qu'elle n'était pas toujours gentille avec ton père. Alicia et Honoré, ils ne pouvaient pas se sentir. Et quand, le jour de ton baptême, ta marraine proposa le prénom Lauretta, ton père fut tout de suite d'accord.

— Ma marraine, je la connais même pas ! Et ma mère, elle a rien dit ?

— Les mères n'assistent pas aux baptêmes. Heureusement, Armand était là pour arranger les choses.

C'était donc là l'histoire de mon double prénom : celui que j'aimais et l'autre, que je détestais.

— J'aurais bien voulu la connaître, ma tante Alicia. L'école, elle aimait ça ?

Philou s'esclaffa :

— La pauvre mademoiselle Poitras en a vu de toutes les couleurs ! Ma sœur ne se gênait pas pour la traiter de grande corneille parce qu'elle était toujours vêtue de noir. D'ailleurs, Alicia se préoccupait beaucoup plus de sa toilette que de l'école. Toi, Alice, tu iras à l'école le plus longtemps possible.

— Quand même, elle était belle, ma tante Alicia ! On peut avoir de jolies toilettes et aller à l'école, non ? Tu as encore de la peine, hein, Philou ?

— J'aurai toujours ce chagrin dans mon cœur. Tu sais, Alice, dans cette épreuve, tu as été ma consolation. Tu es comme ma petite sœur et je vais toujours veiller sur toi, promit-elle. Oh ! j'entends une voiture dans la cour !

Et, l'air réjoui, elle s'élança dehors pour accueillir deux silhouettes couvertes de voiles noirs : les religieuses.

Chapitre 6

Un bon conseil

En réalité, les religieuses étaient entièrement vêtues de blanc sous leurs voiles sombres, leurs cheveux dissimulés par une guimpe tout aussi blanche. Leur communauté était désignée par un long nom : les Augustines de la Miséricorde de Jésus. Impressionnée, je les contemplai en silence, d'autant qu'il fallait tendre l'oreille pour les comprendre puisqu'elles devisaient à voix basse.

— C'est dans leurs habitudes, m'expliqua Philou, qui s'était mise à chuchoter elle aussi. Les Augustines sont des sœurs cloîtrées, c'est-à-dire qu'à aucun moment elles ne sortent de leur monastère, si ce n'est pour se rendre à l'hôpital où elles œuvrent.

— Comme elles doivent s'ennuyer !

— Au contraire ! Après le temps de prière, elles mènent une vie utile. Ce sont des hospitalières, elles ont mille et une tâches à accomplir, car elles produisent au monastère tout ce dont elles ont besoin, des vêtements à la nourriture. Elles confectionnent aussi des remèdes et prodiguent des soins aux malades. Sans compter que les sœurs doivent préparer chaque jour des centaines de repas pour nourrir tout ce monde-là, en plus de s'occuper du ménage, de la lessive, du potager, des animaux, etc.

— Alors que font ces deux-là à l'Anse-aux-Foins ?

— Ce sont des sœurs tourières. Elles vont en mission afin de recruter des novices ou de récolter des dons pour l'hôpital.

Comme de fait, après avoir avalé leur platée de fèves au lard, sœur Sainte-Adrienne et sœur Sainte-Bibiane commencèrent à vanter l'œuvre de l'hôpital dont leur communauté s'occupait depuis 1884. Quelles placoteuses que ces religieuses ! Le vœu de silence devait être bien difficile à observer, car à mesure qu'elles parlaient, les chuchotements du début firent place à un ton normal.

— Et nous avons ouvert un orphelinat, concluait sœur Sainte-Adrienne, une grande femme costaude.

— Ces pauvres enfants n'ont plus à traîner dans les rues, s'émut ma grand-mère.

— Malheureusement, il arrive parfois qu'un père devenu veuf se voie obligé de nous confier sa progéniture parce qu'il est incapable d'en prendre soin.

— Au moins, vous êtes là, approuva encore mémère.

— L'hôpital se développe, chère dame : médecine, chirurgie, continua sœur Sainte-Bibiane, toute petite par rapport à sa compagne, et affublée d'un visage de fouine. Ainsi, nos responsabilités augmentent.

Mon grand-père l'écoutait attentivement en caressant ses favoris.

— Hum ! fit-il. Venez-en au fait, ma sœur : vous avez besoin d'argent.

— On ne peut rien vous cacher, monsieur Gagnon.

Pépère Alfred se concentra sur son assiette. La religieuse n'insista pas outre mesure. Elle allait certainement revenir à la charge.

Au dessert, j'aidai Philou à servir.

— Miam ! Le gâteau blanc de mémère.

— Et nos derniers bleuets. Il y a aussi de la crème.

— Pas pour moi, merci.

— Une demoiselle difficile, nota sœur Sainte-Adrienne qui se démenait parce que sa voilure l'empêchait d'atteindre le pichet rempli de crème épaisse.

Philomène s'empressa de venir à sa rescousse en rapprochant le pot convoité. Les yeux brillants, la sœur se léchait les babines.

— Vous êtes bien bonne, ma fille. Quant à vous, jeune demoiselle, si un jour vous venez au couvent, vous verrez qu'il n'y a pas de place pour les caprices.

Sur ces paroles, elle versa une généreuse portion de crème épaisse sur son gâteau et ses bleuets. Elle avait sans doute décidé de ne pas gaspiller ma part…

— Je suis capable d'endurer, me rebiffai-je pour ne pas être en reste.

Une lueur malicieuse surgit dans les yeux de pépère, ce qui m'encouragea à poursuivre :

— Chez nous, je me lève la première pour m'occuper des poules et servir le déjeuner à mes petits frères.

— Ce n'est pas la place pour se plaindre, Alice, coupa mémère en me faisant de gros yeux. Un peu de sucre du pays râpé sur votre crème, ma sœur ?

Sœur Sainte-Adrienne s'empressa d'accepter pendant que Philomène apportait une théière pleine.

— Quel âge a donc cette enfant ? demanda sœur Sainte-Bibiane.

— J'aurai sept ans au printemps, m'empressai-je de répondre.

— Pourquoi n'est-elle pas à l'école ?

— J'irai l'année prochaine, répondis-je à la bonne sœur, aussi enquêteuse qu'un journaliste du *Progrès du Saguenay*. Cette année, mon père a pas voulu que j'y aille parce que les Sauvages vont venir.

— Navrant ! se désolèrent en chœur les religieuses.

— Une aînée de famille, je suppose ? demanda sœur Sainte-Adrienne.

— Oui, ma sœur.

Pépère me regarda droit dans les yeux.

— Sauvages ou pas, crois-en ma parole, en septembre prochain, tu iras à l'école.

Désireuse d'encourager mon grand-père dans sa bonne intention, sœur Sainte-Adrienne se pencha vers lui :

— Monsieur Gagnon, c'est fini le temps où la plus vieille était la servante de la famille. De nos jours, toutes les filles doivent s'instruire.

— Vous prêchez à un converti, ma sœur. Figurez-vous que mon père était maître d'école. Et ma sœur aînée a suivi ses traces. Après son éducation chez les Ursulines de Québec, elle a suivi son cours à l'école normale là-bas, puisqu'il n'y avait pas encore d'école pour former les institutrices à Chicoutimi.

— C'est vrai que la nôtre vient enfin d'ouvrir ses portes, précisa sœur Sainte-Bibiane, non sans fierté. Espérons que plusieurs familles de nos paroisses catholiques y enverront leurs filles.

Le cliquetis des fourchettes et des cuillères accueillit cette dernière déclaration, les convives dégustant le dessert accompagné de thé noir.

— Voyez-vous, mes sœurs, continua pépère, l'instruction publique étant son sujet de prédilection, la bonne volonté, ce n'est malheureusement pas suffisant. J'étais partisan de Félix-Gabriel Marchand, qui souhaitait une école publique et obligatoire jusqu'à la septième année. Il rêvait de créer un ministère de l'Instruction publique, mais le clergé s'y est opposé. Et malheureusement, Marchand est mort.

— Marchand était un rouge ! s'indigna vivement sœur Sainte-Adrienne.

Affichant le même air outragé, sœur Sainte-Bibiane se pinçait le bec.

— C'est quoi, un rouge ? osai-je demander.

— Un mécréant ! me répondit sœur Sainte-Bibiane, horrifiée.

— Qu'allez-vous dire là, ma sœur ! Vous parlez de notre ancien premier ministre, bon catholique et partisan de l'éducation ! enchaîna pépère qui s'amusait à taquiner ces "saintes femmes".

— Alfred, arrête avec tes affaires de politique, gronda mémère Josette. Encore un peu de thé, mes sœurs ?

D'un regard, les religieuses acceptèrent.

— Votre sœur, monsieur Gagnon… s'est-elle consacrée à sa vocation d'enseignante en devenant religieuse ? l'interrogea encore l'enquêteuse Sainte-Bibiane en ajoutant du sucre à son thé.

— Non ! Dieu merci, elle s'est mariée, la nargua mon grand-père. Bien assez d'avoir un prêtre dans la famille !

Les religieuses reprirent leur air indigné, tout comme mémère :

— Alfred, c'est une grâce d'avoir un religieux dans une famille.

— Ah, oui ? Et si un de tes enfants avait cette idée-là ?

— Popa, vous déparlez, déplora Philou, parfaitement désemparée.

— Je sais ce que je dis. Les années où ton oncle a été le curé de la paroisse ont été les pires de ma vie.

— Vous exagérez !

— Ce satané prêtre… il a commencé par donner son propre nom au rang de la concession : le rang Saint-Louis. Du grain à moudre pour les Tremblay Renard, qui se sont empressés de tout faire pour m'empêcher d'être nommé premier marguillier.

— Ça suffit, Alfred ! le rabroua mémère.

— Ne vous en faites pas, madame Gagnon, nous avons l'habitude des mécréants, lança sœur Sainte-Adrienne, en frétillant des narines.

— Des mécréants qui peuvent toutefois ouvrir leur porte-monnaie ?

— Heu… cher monsieur Gagnon, vous ne doutez pas de l'utilité des communautés religieuses dans nos sociétés, riposta sœur Sainte-Bibiane.

— Nenni, mes sœurs, répliqua pépère, qui aimait parsemer ses discours de mots anciens. Au fait, vos orphelins, vous les faites instruire ?

— Évidemment que nous les instruisons, s'offusqua la religieuse en levant les yeux au ciel, comme si le bon Dieu se trouvait juste au-dessus de la table. Nous avons même un ouvroir pour que nos orphelines apprennent les arts ménagers et deviennent des mères de famille exemplaires.

— Mouais, se radoucit quelque peu pépère Gagnon. En attendant, mes chères sœurs, voyez comme je suis un bon chrétien. J'ai l'intention de donner vingt-cinq piastres pour votre œuvre.

Cette fois, dans la blancheur de leur guimpe, les sœurs rosirent de contentement.

— Comme ça, vous ne pourrez pas médire du maire de l'Anse-aux-Foins, lança mon grand-père, reprenant son ton railleur.

Cette fois, ce fut Philou qui sortit de ses gonds.

— Popa ! Vous devriez avoir honte !

— Bah ! Tu te scandalises de rien, ma fille, lui objecta pépère en se levant de table. Si vous voulez m'excuser, mesdames, je vais aller reconduire ma petite-fille chez elle. Quant à nous, mes sœurs, nous nous reverrons demain et je vous compterai votre argent.

— C'est trop de bonté, monsieur Gagnon, fondit sœur Sainte-Bibiane.

— J'y songe, tout à coup…

Sœur Sainte-Adrienne hésitait, comme si une idée lui trottait dans la tête. Elle regarda Philou puis se pencha vers moi :

— En attendant l'année prochaine, mademoiselle Gagnon pourrait t'enseigner les lettres, suggéra-t-elle. Comme ça, tu prendrais de l'avance. Qui sait ? L'institutrice pourrait même te faire passer en deuxième année.

J'aurais volontiers sauté au cou de la bonne sœur !

— Pourquoi n'y ai-je pas pensé ? s'exclama Philou. J'ai toujours mon vieux syllabaire.

— Tu sais, Alice, ton premier devoir est d'obéir à tes parents, ajouta sœur Sainte-Bibiane. Il y en a un autre, tout aussi important : Dieu a assigné une place à chacun de nous dans la société, à toi donc de trouver la tienne. Et l'instruction est un bon moyen pour t'aider à y parvenir.

— Eh bien ! Voilà de quoi méditer, déclara pépère. Bon, il est tard. Philomène, si tu pouvais t'occuper de notre visite, je ramènerais cette enfant à ses parents. Je sors atteler.

Philou m'embrassa distraitement sur la joue, toute son attention étant accaparée par les religieuses. Mémère me prêta un châle, le serin tombé fraîchissant la soirée. Pépère respira un grand coup et la calèche s'engagea en direction du rang Saint-Louis.

— Pépère, à cause vous aimez pas les religieuses ? Parce qu'elles ont une drôle de façon de parler, c'est ça ?

Il éclata de rire.

— Elles prononcent les “r” en roulement de tambour. Ça fait précieux. Mon frère Louis, ton grand-oncle, parle comme ça, lui aussi. Disons que les mangeux de balustre ont toujours eu le don de m'énerver. Et toi, jeune Alice, que penses-tu des religieuses ?

— Elles aiment l'école, alors je les aime bien.

Un petit vent s'était levé, frisquet, remuant les odeurs de terre ; des feuilles tombaient en une pluie dorée. Je resserrai le châle de laine.

— L'automne commence à se faire frileux, observa pépère. Bientôt, les arbres seront tous dégarnis et viendront les grands froids. Tu verras, ma petite fille, l'année passera en un coup de vent, et foi d'Alfred Gagnon, au prochain septembre, tu entreras à l'école.

Chapitre 7

Les leçons de ma tante Laure

La fille parfaite, ce serait moi ! Fine, aimable, serviable, gentille… Pas de jérémiades devant les corvées, pas de remarques intempestives non plus ! Je me mordrais plutôt la langue avant de parler et serais sans reproches. Ainsi serait celle qui mériterait d'aller à l'école.

Un jour que nous, les enfants, étions restés à coucher chez ma tante Laure, les Sauvages en profitèrent pour amener Adélard, un autre petit frère. Leur visite avait tellement fatigué ma mère que Philou et mémère étaient continuellement chez nous pour les relevailles. Ma tante Laure aussi venait faire son tour, apportant une chaudronnée de soupe ou des pâtés à la viande.

— Encore un prénom qui commence par "A". Ça ne vous mêle pas, Marie ?

— Au contraire, c'est pratique. De toute façon, je me trompe sans cesse de prénoms. Quand je pense "Albert", je prononce "Alphonse" ou "Aimé-Louis". Aussi bien qu'ils commencent tous par la même lettre.

— Calvaise de manie ! grogna mon père.

— Et moi, c'est Alice. Pourquoi vous dites toujours Lauretta, alors, moman ?

— Justement, ça te distingue ! La fille de la famille.

Lauretta la servante, oui ! La réplique me brûlait les lèvres.

Alice… J'aurais juré que seuls ceux qui m'aimaient vraiment utilisaient ce prénom : mes grands-parents, Philou, mon oncle Armand… Je ne doutais pas non plus de l'affection de ma tante Laure qui m'appelait toujours Alice-Lauretta, comme si elle ne voulait vexer personne. Et Juliette, qui ne faisait qu'imiter sa mère. Les autres, eux…

— Le prochain, vous l'appellerez Honoré, suggéra ma tante. Ça prend quand même un fils avec le prénom du père.

— Pour que ça lui porte malheur ! pesta le principal intéressé.

— Dis pas ça, mon garçon ! protesta mémère.

Elle venait de langer le bébé gavé de lait avant de le recoucher dans son berceau.

— T'as un beau prénom, c'est moi qui l'ai choisi.

Inquiète à l'idée que les Sauvages pourraient revenir chez nous avant l'école, je m'immisçai dans la conversation :

— Pas un autre petit frère, hein, moman ?

Elle se mit à rire.

— Non, Lauretta. Sois tranquille, celui-là vient tout juste d'arriver.

Le soir pourtant, j'ajoutai à mes prières : « Petit Jésus, je vous en supplie, demandez aux Sauvages de ne plus venir chez nous ! »

Certains après-midi, lorsque les petits faisaient leur sieste, que ma mère se reposait et que mémère chantonnait *Fais dodo* en berçant Adélard, Philou m'enseignait les lettres avec *Le Syllabaire gradué*. Nous nous installions toutes les deux sur la grande table de la cuisine. Au bout d'un certain temps, j'avais appris à tracer sur l'ardoise mon nom au grand complet: Alice-Lauretta Gagnon. Je savais même compter jusqu'à vingt, quoiqu'elle refusât de m'apprendre à compter jusqu'à cent:

— En première année, vous n'allez pas plus loin que dix, s'était-elle justifiée.

Une fois mes tantes reparties chez elles, je pliais les couches. Lisser de la main la couche propre et sèche, un premier tiers replié sur le deuxième, le troisième tiers sur les deux autres, puis recommencer dans l'autre sens: premier tiers sur le deuxième, replier sur le dernier tiers et ainsi de suite, pour faire des piles bien égales. Je pouvais compter vingt couches; les autres trempaient dans un seau.

Toute à ma tâche, je préparais le repas du soir:

— Avec la soupe aux légumes de ma tante Laure, je pourrais faire griller du lard. On coupera du pain.

— Ma grande fille, je me demande ce que je ferais sans toi! me remercia ma mère dans un soupir.

Au-dessus de la pile de couches, un faible sourire accueillit cette rare marque de reconnaissance.

Fine, aimable, gentille…

Chez ma tante Laure, j'apprenais les travaux d'aiguille: la broderie ainsi que le tricot et le crochet, pour tuer le temps en attendant d'aller à l'école. Je m'y rendais le plus souvent possible.

— Pour obtenir des petits points égaux, il faut y aller d'une main ferme afin de piquer au bon endroit, m'enseignait Laure. Mains occupées, âme apaisée. De la patience, Alice-Lauretta, c'est ce qu'il faut. C'est la même chose dans la vie.

Et pendant que dehors, la vie se figeait dans le froid et la neige, je meublais le silence feutré de l'hiver par une avalanche de questions sur les Gagnon de l'Anse.

— Pourquoi mon père aime pas l'école ?

L'aiguille de Laure demeura suspendue en l'air l'espace d'une seconde, avant qu'elle ne termine son point et dépose son cerceau sur ses genoux. Elle avait ce regard perçant qui me donnait l'impression qu'elle voyait à travers moi.

— Parce qu'elle l'a rendu malheureux. Mes frères, mes sœurs et moi avons tous réussi nos années scolaires, sauf Honoré. Notre père était mortifié : lui, le fils de maître qui a été élevé dans une salle de classe ! Son propre enfant, incapable d'apprendre à lire…

Elle se pencha sur mon travail pour examiner mes progrès : elle venait de me montrer le point de reprise, « si utile pour une petite réparation sur une étoffe abîmée ».

— Mon pauvre frère n'arrivait même pas à épeler son nom ! Il a tellement pâti la seule année où il a fréquenté l'école… Heureusement qu'Armand était là pour le protéger des moqueries des autres élèves.

Mon père, un petit garçon dont tout le monde se moquait ? Impossible d'y croire, lui qui n'avait pas hésité à m'humilier le jour des vaches.

— Ma mère a coupé ça court en le gardant à la maison, continuait Laure. C'est à cet âge qu'il a commencé à s'occuper des chevaux : il passait ses longues journées à l'écurie, il a toujours eu un don pour leur parler. Tout le monde possède un talent. Ton père, c'est les chevaux.

— Certainement pas les enfants !

Je n'arrivais pas à prendre mon père en pitié.

— Et vous, ma tante, avez-vous fait votre septième année à l'école du village comme Philou ?

— Dans mon temps, une telle école n'existait pas à l'Anse. Et puis, je suis l'aînée de la famille. Tu sais ce que ça implique, Alice-Lauretta.

Interloquée, je constatai pour la première fois que ma tante Laure avait peut-être connu un sort semblable au mien !

— C'est ça qu'elle voulait dire, Philou, en parlant de "votre histoire" ?

Elle suspendit son geste :

— Qu'est-ce qu'elle t'a dit, Philomène ?

— Oh ! Il était question de pépère et des Tremblay Renard.

Elle fronça les sourcils et reprit son travail en silence.

La fois suivante, je voulais en apprendre plus sur cette dispute entre nous, les Gagnon, et les Tremblay Renard. Curieusement, ma tante semblait soudain moins encline à me raconter nos histoires de famille. Elle finit toutefois par contenter ma curiosité.

— Mon mari, ton oncle Rosaire, est un Tremblay Renard. À cause de cette fameuse guerre, j'ai cessé d'adresser la parole à mon père pendant des années.

— Qu'est-ce qui s'est passé ?

— Alfred avait trouvé quelqu'un d'encore plus entêté que lui…

Quelque chose d'indéfinissable flottait sur son visage et je compris que je n'en apprendrais pas plus aujourd'hui.

— Pourquoi on les appelle "Renard" ?

— Il paraît que c'est à cause d'un ancêtre de cette lignée des Tremblay qui était rusé… comme un renard. Le surnom leur est resté.

— Pépère en a toujours après leur race : "Maudits Renard ! Aucune misère n'en viendra à bout !"

— Il râle pour le plaisir. Les Renard ont plus de motifs que lui de se plaindre. Autrefois, les plus chanceux évitaient la dure vie de bûcheron grâce à un emploi à la scierie. Quant à Alfred, il n'a jamais eu à trimer sur les chantiers ni à quêter une place. Il avait de l'ardeur, il était plus riche qu'eux. C'est ainsi qu'il a pu acquérir des terres dans la concession des Renard. Contraints de lui vendre leurs biens, les Renard s'appauvrissaient pendant qu'Alfred s'enrichissait.

— Et voilà pourquoi nous vivons tous dans la concession : votre famille, la nôtre et mon oncle Armand.

— En effet, me le confirma ma tante. Ceci explique cela.

L'ancêtre Louis, Alfred, Honoré… Leurs vies s'entrecroisaient à l'exemple des fils colorés minutieusement entrelacés qui dessinaient le motif du canevas. Je brodais un mouchoir de batiste que je souhaitais offrir comme présent à ma mère pour son anniversaire. Si mon travail n'était pas parfait, je le défaisais. Ma tante souriait de me voir si sévère envers moi-même, bien que son regard fier approuvât. À chaque séance, le bouquet de petites fleurs roses et bleues qui ornait le mouchoir progressait.

— Honoré et Alfred sont pareillement orgueilleux, me confia Laure en m'apprenant le point de tige.

— Et mon parrain ?

— Armand n'a que faire des reproches d'Alfred, c'est un gros travailleur et notre père n'y trouve rien à redire. Alors qu'Honoré… À cause de cette histoire d'école, eh bien, il a toujours manqué de confiance en lui. Ça le poursuit comme un mauvais sort, et tout ce qu'il entreprend lui est difficile. À une exception près.

— Laquelle ?

— Ta mère, Alice-Lauretta. Est-ce qu'elle t'a déjà parlé de sa rencontre avec ton père ?

— Jamais…

— Armand et Honoré s'étaient rendus à Chicoutimi où c'était jour de marché et c'est là qu'ils l'ont rencontrée. C'est elle qui a choisi ton père. Tes parents se sont mariés, puis tu es née.

— Sauf que les Sauvages se sont trompés. Ils ont amené une fille plutôt qu'un garçon.

— Ne t'en fais pas pour ça, soupira Laure. Tous les hommes souhaitent d'abord un garçon. C'est la fierté qui veut ça. Et puis, il faut aussi des filles, non ?

— Des filles pour le ménage et faire à manger ! Les religieuses de Philou m'ont recommandé de m'instruire pour trouver ma place.

— C'est un bon conseil, approuva ma tante.

— C'est vrai que je ressemble à ma tante Alicia ?

Ce jour-là, nous étions dans la pièce qu'occupait son grand métier à tisser. Elle ne permettait pas qu'on la dérange lorsqu'elle montait la chaîne – « Ça demande trop de concentration », affirmait-elle –, mais une fois qu'elle était rendue à passer la navette et à appuyer sur les pédales, elle laissait les enfants entrer dans son atelier. Comme toujours, Laure réfléchit avant de formuler une longue réponse :

— Dans notre famille, Armand est le diplomate et Philomène, le bon ange. Honoré, ton père, est un enfant du milieu, entouré de fortes têtes. Alicia, elle, s'est toujours comportée comme si le monde était à ses pieds.

— Il paraît que je suis comme elle.

— Oh ! Ce qui frappe surtout, c'est cette manière que tu as de regarder les gens droit dans les yeux, cette façon de relever la tête si tu es fâchée ou contrariée. Alicia tout craché ! Il m'arrive de penser que c'est à cause de cette ressemblance qu'Honoré est si dur avec toi. Il se venge d'Alicia. Ces enfants qui poursuivaient ton père de leurs méchancetés, c'était elle leur meneuse ! Ma mère la disputait, alors que mon père lui pardonnait toujours.

Laure avait beau dire, j'admirais ma tante Alicia.

— Elle était si belle ! Sur la photographie, avec son chapeau, sa robe, ses gants... Plus tard, je serai comme elle.

— Les beaux atours, c'est donc ça qui t'intéresse ? me taquina Laure. Apprends que sous ses airs de princesse, Alicia comptait entièrement sur les autres. Toi, Alice-Lauretta, lorsque surviendra l'adversité, je suis certaine que tu sauras faire face. Parce que tu es une aînée de famille. Et ça, ma petite, ça change tout.

Sur ces paroles énigmatiques, Laure avait repris sa navette. Je regardais naître sous ses doigts habiles les grandes bandes colorées de la catalogne, cherchant à comprendre la signification des sages paroles de ma tante.

Au bout de plusieurs semaines, je délaissai la broderie pour le tricot. Nous parlions de Charlevoix, le vieux pays des gens du Saguenay.

— Vous y êtes déjà allée, ma tante, dans Charlevoix ?

— Une fois, quand j'étais encore petite, pour visiter notre parenté Mailloux. Ça ressemble à par chez nous, sauf que le paysage est plus escarpé ; des côtes abruptes, inimaginables. Et puis, il y a le fleuve Saint-Laurent, plus large encore que notre Saguenay. C'est à peine si on aperçoit l'autre rive.

— Si c'est si beau, pourquoi les Gagnon en sont-ils partis ?

— Pour trouver le bonheur, pardi ! Louis, ton arrière-grand-père, a voulu établir ses fils dans la paroisse de Sainte-Anne.

— Alors, pourquoi pépère Alfred est venu à l'Anse-aux-Foins ?

— Parce qu'il voulait sa terre promise.

— C'est tout de même pas le foin de mer qui a attiré pépère Alfred dans un endroit aussi creux que l'Anse-aux-Foins !

Les lèvres de ma tante Laure s'étirèrent dans un sourire.

— Il y avait aussi les dix-huit ans de Josette Lemieux.

— Mémère ?

— Oui, ta grand-mère, ma mère. Elle est née dans la maison du bas de la côte.

— La même qu'aujourd'hui ?

— Au fil des ans, mon père l'a transformée et embellie, mais c'est bien la maison de mon grand-père Lemieux, l'une des plus anciennes de l'Anse.

Ma pauvre grand-mère qui n'avait jamais quitté l'Anse-aux-Foins... Comme je la plaignais !

Oh, zut ! Je venais d'échapper une maille. Me voyant désespérée de tout défaire et recommencer, ma tante me rassura.

— Regarde comme c'est facile, Alice-Lauretta, dit-elle en reprenant les aiguilles pour me montrer. Rappelle-toi qu'une maille échappée peut toujours se rattraper.

La saison froide, que j'imaginais pourtant interminable, fila comme le vent jusqu'au printemps. J'eus enfin mes sept ans.

Dehors, la neige fondait et l'espoir renaissait.

Chapitre 8

Quand Alfred tient promesse

Les grandes chaleurs de cette fin juillet, qu'une faible brise n'arrivait pas à dissiper, nous faisaient tous suer à grosses gouttes. Un soir que nous prenions l'air sur la galerie, à l'heure où le temps fraîchissait assez pour que nous songions à regagner nos lits, mon oncle Armand arriva dans la cour, tout sourire.

— Quand le soleil se couche entre les roses et les orangés…

— … le temps des foins est arrivé, compléta mon père, visiblement ravi.

— Je suis passé chez le père et j'arrive de chez Laure, où j'ai parlé à Rosaire, ajouta mon oncle. Tout le monde est d'accord : on commence par chez vous demain.

— Pas de trouble ! Mon gréement est prêt : les roues de la charrette réparées, ma faux affûtée.

Mon père… c'était rare de voir ses yeux briller à ce point, sauf certains soirs, quand il regardait ma mère. Le temps des foins, c'était la fête.

— Moi aussi, j'aime le temps des foins ! Tout le monde est de bonne humeur.

— Belle affaire, ma nièce ! Le foin, c'est de l'espoir pour le reste de l'année. Récolté à temps, séché à point et engrangé pour l'hiver, le foin sert à nourrir les chevaux, les vaches, les poules…

— Seigneur, Armand ! Vous v'là poète, plaisanta ma mère en riant.

— Marie, les biens de la terre, c'est la vie elle-même, celle que le bon Dieu nous a donnée.

Le temps des foins, ça voulait aussi dire que la rentrée scolaire approchait. Cette fois, il faudrait m'attacher pour m'empêcher d'aller à l'école !

À la barre du jour, tous les hommes en âge de tenir une faux étaient au champ. Muscles tendus sous la chemise relevée jusqu'au coude, ils maniaient le puissant outil dans un ample mouvement rythmé, concentrés sur la précision du geste afin de couper l'herbe le plus au ras du sol possible, ne s'arrêtant que le temps d'éponger un front dégoulinant de sueur. Bientôt, leur chemise serait trempée à lavette. Les faucheurs étaient pourtant beaux à voir dans ce ballet pastoral qui se répétait d'un rang à l'autre, car toute la paroisse moissonnait. C'était à qui terminerait le premier pour aller narguer l'autre. Le tout se terminerait dans la joie de repas partagés.

Quelque chose d'infiniment heureux flottait dans l'air, quelque chose qui n'appartenait qu'au temps des foins.

Sous ce ciel bleu qui clamait que la vie était belle, nous, les enfants, Juliette et ses frères Henri et Luc, Aimé-Louis, même Théo Tremblay, ce dernier toujours collé aux basques de mes cousins puisque ses grands frères aidaient leur père, nous étions tous cordés dans une charrette bringuebalante conduite par Philou, à grands coups de « aaah » et de « oooh ». Nous nous laissions porter par le tangage du chemin, chaque cahot déclenchant des fous rires contagieux. Rien de plus que des enfants qui s'amusent loin du regard des parents et des obligations de la ferme.

Des chevaux paissaient à l'ombre d'un bouquet de bouleaux sans être incommodés par la chaleur qui obligeait tout le monde – même les bêtes – à se couvrir la tête d'un chapeau de paille.

— Personne ne bouge avant que la charrette ne soit totalement immobilisée, ordonna Philou.

Bien entendu, les garçons s'empressèrent de désobéir en sautant par-dessus bord. J'attrapai par le bras Aimé-Louis qui s'apprêtait à suivre les autres.

— Mon snoreau ! T'as pas entendu ce qu'a dit Philou ?

— Lâche-moi, protesta mon frère en voulant se dégager.

— Ta sœur fait bien ! m'approuva ma tante. On a déjà vu ça, un garçon se casser une jambe ou perdre l'équilibre et tomber tête première sur une pierre. Les autres, aidez-moi à décharger au lieu de faire les diables.

Comme de raison, il ne restait plus que Juliette et moi ; les garçons, déjà loin, couraient à travers champ en poussant des hurlements de sauvages.

— Hé, là, les flos, faites attention ! Vous piétinez le foin fraîchement coupé !

En attrapant un de mes cousins par le fond de culotte, l'oncle Rosaire semblait plaisanter et pourtant, l'avertissement était sérieux : on ne gaspille pas le foin ! Les faucheurs délaissèrent leurs outils et vinrent nous rejoindre, l'estomac dans les talons.

— On a une bonne avance, la prairie a déjà changé d'allure, constata Armand.

Pépère Alfred s'épongea le front de son mouchoir.

— À ce rythme, je parie qu'on aura rempli nos granges avant les Tremblay. Finir avant les Renard, ce n'est pas pour me déplaire.

Il gratifia son gendre d'une claque amicale dans le dos. Mon oncle Rosaire demeura imperturbable.

— Moi, le beau-père, vous le savez, je suis là pour donner un coup de main. J'espère juste qu'on l'apprécie.

Les farces plates de pépère Alfred, mon oncle Rosaire les retournait aussi vite que le foin à sécher.

— Hé que vous aimez ça, jouer avec le feu, son père ! lança mon oncle Armand. Si Laure avait été dans les parages, vous auriez tenu votre langue ! C'est fini, les vieilles histoires avec les Tremblay !

— Ouais…, approuva mon père, qui s'entendait bien avec celui de Théo.

— Ça me fait penser que j'ai aussi soif que Satan dans son enfer, dit mon oncle Armand pour couper court à la conversation.

Il attrapa l'une des cruches de grès contenant l'eau fraîche et se désaltéra à larges rasades, puis la passa à son père.

— Buvez donc, ça vous fermera le clapet.

Il n'y avait que mon parrain pour parler ainsi à mon grand-père, qui se fendit d'un grand éclat de rire avant d'imiter son fils. Les mêmes paroles dans la bouche de mon père auraient donné lieu à une réplique cinglante. L'oncle Rosaire désigna son estomac.

— J'ai comme un petit creux.

— J'ai justement apporté de quoi faire patienter jusqu'au dîner, leur annonça gaiement Philomène.

Elle déposa sur l'herbe un large panier à anses contenant des tartines de cretons, bien enveloppées dans un torchon, qui furent vite dévorées par les affamés. Une brique de cheddar frais qu'elle s'employa à découper en tranches fines subit le même sort.

Pendant que tous se restauraient, Philou distribua les tâches.

— Les garçons au rapaillage, les filles aux framboises. Moi, j'organise les enfants avant d'entreprendre le fanage. Laure et Marie apporteront le dîner, elles m'aideront cet après-midi.

Les femmes aussi étaient de corvée : elles étalaient le foin en le retournant de temps en temps pour le faire sécher uniformément, formant des andains, puis des veillottes, de petites pyramides de foin éparpillées dans le pré qui faciliteraient plus tard le foulage sur la charrette. Philou brandit un râteau.

— Quant à vous, les hommes, vous sentez la bête puante ! Tenez-vous loin de nous, pauvres femmes. Surtout vous, popa !

Grands et petits éclatèrent de rire. L'air faussement offensé, le patriarche défendit son honneur :

— Suffit les placotages, tas de fainéants ! Si on veut avancer avant midi, c'est le temps d'y retourner.

— Les premiers arrivés aux framboisiers !

C'était à qui se rendrait d'abord à l'orée du bois. Philou s'élança en riant avec nous. Encombrées de nos vaisseaux et d'un seau destinés à recueillir les framboises, Juliette et moi avions ralenti le pas. À quoi bon devancer les garçons ? Nous avions mille confidences à échanger. Je me vantais d'être savante :

— Philou m'a appris à épeler des syllabes et des mots faciles ! J'ai tellement hâte de montrer à mademoiselle Desbiens tout ce que je sais.

— Si tu es en avance, elle te demandera de t'occuper des autres. C'est comme ça qu'on fait à l'école, les forts aident les faibles

— Je serai une "forte", déclarai-je, péremptoire.

— Moi, je suis une "moyenne", avoua Juliette qui avait l'air de s'en contenter.

À la limite du champ, endroit où poussaient des framboisiers, le foin poussait par petites talles entre les pierres et les rochers. Les garçons avaient pour mission de rapailler, c'est-à-dire de couper ce foin difficile à atteindre pour les faucheurs. Luc et Henri étaient déjà à l'œuvre, travaillant consciencieusement, fiers de faire ainsi leur apprentissage d'hommes.

— Faites attention de ne pas vous faucher un orteil, leur recommanda Philou après les avoir observés un instant. Et surveillez Aimé-Louis. Bon, où est-il encore passé, celui-là ? Et Théo ?

— Ces deux-là mijotent toujours un mauvais coup, notai-je.

Comme de fait, Théo surgit de derrière la talle de framboisiers, une couleuvre enroulée autour de la main, Aimé-Louis à sa suite. Pouah ! Nous poussâmes des cris d'effroi. Luc et Henri délaissèrent leur tâche en ricanant.

— Hé, passe-moi ça, ordonna Henri, le plus vieux de mes cousins.

— Pas question, trancha Philou. Et toi, tu te débarrasses tout de suite de cette couleuvre !

Théo faisait des mines en brandissant l'animal et la pauvre Juliette devint aussi blanche qu'un verre de lait. Aucune fille n'aimait les bêtes rampantes.

— Ne t'avise pas d'approcher, Théo Tremblay ! m'écriai-je, furieuse.

— T'as peur, Lauretta ? brava Théo. Me semble que ça te ferait un beau collier…

— Ose pour voir et je t'arrache les yeux ! Mosus de Renard !

— Alice, Théo, assez ! se fâcha Philou, Juliette dans ses jupes.

Enfin, dans un grand geste et avec un faux air magnanime destiné à faire rire mes cousins, ce sans-génie rejeta l'animal au loin. Juliette et moi partageâmes un brusque frisson.

— Ça va mieux, Juliette ? la réconforta notre chère tante.

Toute tremblante, ma cousine jetait des regards craintifs autour d'elle.

— J'ai eu peur sans bon sens.

— T'en fais pas, Juju, elle ne reviendra pas, la rassura Luc dans un élan de compassion pour sa petite sœur.

— Je veux rentrer chez nous, gémit ma cousine.

La belle affaire ! J'allais me retrouver toute seule pour remplir les vaisseaux de framboises !

— Tu vois ce que ça fait, tes insignifiances, Théo Tremblay !

— Tes yeux noirs me font pas peur, Lauretta Gagnon.

— Tu verras quand on sera à l'école, moi, je serai une forte et toi, tu seras rien.

— Ça suffit, les enfants, intervint Philou. Juliette, tu n'as plus rien à craindre. Avec tout ce bruit, plus un animal ne va s'approcher des framboisiers.

— Sauf ces deux-là !

Théo et Aimé-Louis se gavaient de framboises.

— Déguerpissez ! Sinon…

Quelques minutes plus tard, Théo montrait à Aimé-Louis comment faucher.

— Viens, Juliette, si on veut remplir nos vaisseaux avant qu'ils se décident à vider la talle.

La couleuvre était oubliée. Indifférentes aux égratignures des branches des arbustes sur nos bras, nous entreprîmes la cueillette, travaillant dans un silence recueilli. Je déposais consciencieusement les petits fruits dans mon casseau en évitant qu'ils ne s'écrasent, vidant systématiquement un arbuste après l'autre, ne laissant rien derrière moi. Juliette, plus gourmande, en mangeait autant qu'elle en récoltait. Il fallait aussi que je repasse derrière elle pour bien nettoyer. Malgré cela, au bout d'une heure, notre seau était plein. À voir la hauteur du soleil dans le ciel, le dîner approchait.

— On en a assez pour le dessert. Cet après-midi, on remplira les plus gros vaisseaux pour les confitures.

Dans le lointain, midi sonnait. Devançant les autres, l'oncle Armand s'était allongé sous les arbres, le chapeau sur le nez. Ma mère et ma tante Laure venaient d'arriver. Elles s'affairaient à décharger les victuailles et tout ce qui était nécessaire pour le pique-nique : ustensiles, gobelets, assiettes et bols. Nous exhibâmes nos vaisseaux pleins à ras bord.

— Les belles framboises ! se réjouit ma gourmande de mère après en avoir goûté quelques-unes.

Elle avait fait des pâtés à la viande, une de ses spécialités. Dans un torchon, ma tante Laure tenait au chaud une terrine remplie de fèves au lard.

— Beau travail, mesdemoiselles, nous complimenta-t-elle en jetant un œil à notre récolte. Allez donc étendre les catalognes.

Une pile de couvertures usées venait d'échoir dans nos bras. Une brise parfumée de trèfle caressait nos visages et je me sentais l'âme légère. Que j'aimais le temps des foins ! Ce n'était que plaisir et les heures libres et heureuses s'étiraient à l'infini. Cet après-midi, après les framboises, Juliette et moi aiderions au fanage avant d'aller sur le cran voir si les bleuets étaient prêts.

Une fois le dernier voyage à la ferme fait, les charrettes vidées et le foin foulé dans la grange, mémère Josette avait contemplé le spectacle du grenier bien garni en se tamponnant les yeux de son mouchoir.

— Je ne saurais pas dire pourquoi, mais chaque année, quand c'est fini, ça m'arrache une larme.

Pour marquer la fin du temps des foins, un grand souper réunissait tout le monde. Laure, Rosaire, Armand ; il ne manquait personne. Les hommes enfilaient joyeusement quelques verres et la bagosse du rang Saint-Louis échauffait les esprits.

Appuyé dans le cadre de porte, pépère bourrait sa pipe avec nonchalance, alors qu'en réalité, il guettait sa mouche telle l'araignée sur sa toile.

— J'ai eu de la visite, hier. Tu ne me demandes pas qui, Honoré ?

Mon père fut tout de suite sur la défensive.

— Ça sera pas long que tout le monde va le savoir.

— Mademoiselle Desbiens, la maîtresse d'école… C'est vrai, ça, que ma petite-fille n'est toujours pas inscrite ?

— Tu parles d'une calvaise de bavasseuse !

Chargée d'une grosse catalogne que je m'apprêtais à rentrer dans la maison, je figeai sur place.

— Blasphème ! Sûr que c'est de mes affaires ! répondit pépère. Astheure que je suis le président de la commission scolaire, c'est normal que la maîtresse s'inquiète de ne pas voir le nom de ma petite-fille sur sa liste.

— Y'a pas de presse. Le mois de septembre est encore loin.

— Honoré Gagnon, tu ne me feras pas honte devant tout l'Anse-aux-Foins. Un ignorant dans la famille, c'est bien assez.

Ma mère jetait sur mon grand-père des regards meurtriers.

— De quoi vous vous mêlez, encore !

— Hé ! Range les fusils que t'as dans les yeux, ma bru. Coudon, Honoré, ta femme est bien rétive. As-tu de la misère avec elle quand c'est le temps ?

Il était bien le seul à se trouver drôle, car personne ne riait, tous attendaient le prochain coup. Mon père serrait les poings, l'air si plein de rage que je compris à ce moment-là à quel point il pouvait haïr son propre père. Dans cet état, il était bien incapable de répondre, ce fut encore ma mère qui s'en chargea :

— Hé que vous aimez ça, dénigrer votre fils !

— Alfred ! se fâcha à son tour mémère Josette. Arrête ça tout de suite.

— Tu défends encore ton poussin, la mère ?

— Tais-toi, Alfred !

Et elle tourna les talons. C'était la première fois que je voyais mémère Josette en colère. « Doux Jésus ! priai-je mentalement. Faites que pépère se taise ! Faites que pépère se taise ! Car s'il continue, mon père va s'obstiner dans son idée et moi, je vais encore manquer l'école. »

— C'est quoi, cette histoire-là ? intervint alors mon oncle Armand. Pas plus tard qu'hier, Honoré se vantait que sa fille commençait l'école cette année. Même que comme parrain, j'ai promis de greyer ma filleule d'un trousseau.

À voir le soulagement dans les yeux de ma mère, je crois qu'elle aurait embrassé son beau-frère devant tout le monde si la décence l'avait permis. Quant à moi, je me cramponnais à la catalogne pour faire cesser le tremblement qui m'agitait.

Nullement décontenancé, pépère Alfred se contenta de toiser mes parents.

— Elle entre à l'école, c'est tout ce que je voulais savoir.

Le lendemain matin, la vie avait repris son cours normal et personne ne s'en plaignait. Je souriais même en débarrassant la table des vestiges du déjeuner. Si je déplorais comment mon grand-père avait tenu sa promesse, au moins, j'avais la certitude que j'irais à l'école.

Mon père repoussa tranquillement son assiette et s'installa dans sa chaise berçante pour bourrer une première pipe. Tout semblait aller pour le mieux.

— Armand a passé la veillée chez les Tremblay, racontait ma mère en riant. Il a dû se réveiller le cerveau tapissé de toiles d'araignées.

— J'aime mieux qu'il soit pas là à matin.

Mon père avait un air songeur, puis ses yeux se mirent à briller, comme quelqu'un qui a longuement réfléchi à un problème et à qui la solution apparaît enfin.

— Lauretta ! rugit-il

Il avait ce ton mauvais que je ne lui connaissais que trop bien.

— Je suis déjà allée au poulailler, popa.

— Je te parle pas des poules, je te parle des vaches.

— Pas les vaches ! murmurai-je en suppliant. Non, pas les vaches !

Les mouches, la bouse, l'odeur... C'était au-dessus de mes forces.

— À la campagne, tirer une vache, tout le monde fait ça. T'auras beau bavasser à ton grand-père, à Armand, à qui tu voudras, personne va te prendre en pitié.

— Vous savez bien que j'ai peur des vaches, osai-je, dans une tentative désespérée.

— Ça va faire, les caprices ! T'es en âge d'aller à l'école ? T'es en âge de tirer une vache.

Point final. Cette fois, personne n'accourut pour me sauver de ces monstres répugnants. Soudainement, le prix pour aller à l'école m'apparut terriblement élevé. Puisqu'il le fallait, je le payerais... et jusqu'à la dernière cenne.

Chapitre 9

Enfin, la ville !

Aujourd'hui, mon oncle Armand tenait sa promesse : il m'emmenait à la ville afin de m'équiper pour l'école ! Excitée comme une puce, je faisais tout de travers. Mes doigts malhabiles peinaient à boutonner ma nouvelle robe du dimanche au col retombant.

Dépêchés en éclaireurs, mes frères se risquèrent le bout du nez dans l'embrasure de la porte, n'osant aller plus loin, l'accès à mon territoire leur étant formellement interdit.

— Grouille-toi, Lauretta, s'écria Aimé-Louis. On entend le boghei sur le chemin.

— T'es belle, Lauretta. Moi aussi, ze veux aller à Chicoutimi, zozota Alphonse.

— Ah, non ! Tu es trop petit !

Dans le minuscule miroir de la commode, je jetai un dernier coup d'œil au visage pointu qui me souriait, cheveux dénoués sur les épaules. Ne manquait plus que le ruban et j'étais fin prête pour l'aventure.

— Laissez-moi passer, bande de chenapans !

Alphonse bien calé sur ma hanche, nous descendîmes en petite procession à la cuisine où mon déjeuner m'attendait.

— Mange ta soupane avant de partir, insista ma mère devant mon peu d'appétit. Et tiens-toi tranquille si tu veux une belle boucle. Faut pas que tu me fasses honte, Lauretta. T'auras pas l'air d'une miséreuse chez l'oncle Épiphane, ajouta-t-elle à l'instant où mon oncle Armand passait la porte.

— Oh, la jolie demoiselle ! Ça va faire des jalouses en ville !

Ce fut plus fort que moi, je rougis de plaisir sous le compliment. Sa fine moustache cirée sous son canotier, mon oncle était lui-même *chic and swell*. Autour de son col de chemise amidonné s'enroulait une cravate noire ornée d'une rayure rouge et il sentait bon la pommade dont il enduisait ses cheveux.

— Lauretta, v'là cinq cennes pour acheter deux timbres, dit ma mère en me donnant une pièce de monnaie. Tu pourras poster mes lettres au bureau de poste. Il restera une cenne, t'en feras ce que tu veux.

La minuscule pièce de cinq sous disparut dans mon porte-monnaie que je glissai solennellement dans le petit sac assorti à ma robe, en grande fille digne de confiance que j'étais. Armand s'empara des enveloppes pour les enfouir dans les profondeurs de sa poche.

— Comptez sur nous, Marie !

Dans la grande calèche de pépère Gagnon, mon oncle aussi semblait heureux du voyage :

— Vois, Alice, comme la nature s'est faite belle pour ta première grande sortie ! Ça sent le sapinage à plein nez. Qu'est-ce que tu penses de ça, fillette ?

— C'est le plus beau jour de ma vie !

Chez mes grands-parents où nous étions passés prendre Philou, une curieuse boîte en bois de chêne installée à un mur de la cuisine émit une sonnerie stridente qui nous fit tous sursauter. Mémère se boucha les oreilles en déclarant qu'elle ne s'y habituerait jamais, juste comme pépère Alfred décrochait le cornet dans un geste solennel.

— ALLÔ ! OUI ?

— Qu'est-ce que c'est ? demandai-je, drôlement intriguée.

— Un téléphone, chuchota Armand, en posant un doigt sur ses lèvres pour m'intimer le silence.

— C'EST BIEN TOI, ÉPIPHANE ?

Une main glissée dans son gilet comme s'il allait faire une déclaration au conseil municipal, pépère criait à tue-tête dans le cornet fixé à la boîte tout en hochant la tête. La scène était si cocasse que je retenais difficilement mon fou rire.

— L'oncle Épiphane est le propriétaire de la traverse sur le Saguenay, entre Sainte-Anne et Chicoutimi, murmura Armand.

— C'EST ÇA, AU QUAI, DANS DEUX HEURES ! hurlait pépère. MES SALUTATIONS À ADÉLAÏDE !

— Si quelqu'un vient, il croira que mon mari a perdu la raison, grogna mémère.

Pépère, ses larges favoris retroussés, affichait un large sourire en raccrochant.

— Épiphane vous attend pour la traverse de dix heures.

Mon oncle restait figé devant la boîte en bois, émerveillé. Je soupirai. Même pressés, les adultes avaient la manie de prendre leur temps.

— Te rends-tu compte, Alice ? L'oncle Épiphane habite à sept bons milles et malgré ça, on l'entend dans le cornet comme s'il était dans la pièce d'à côté.

— Un vrai miracle ! commenta Philou d'un ton moqueur, enfin prête, en descendant l'escalier.

— Seigneur Jésus ! laissa échapper mémère, comme si elle venait de voir une apparition.

Philou portait le beau chapeau de ma tante Alicia.

— Tu lui ressembles, s'émut Armand en s'épongeant discrètement l'œil de son mouchoir.

— Des plans pour que ta mère fasse une syncope ! bourrassa pépère avant de tendre sa liste de commissions. Rapporte-moi deux paquets de tabac Rouge Quesnel. Achète *La Patrie*, que je puisse rattraper les vraies nouvelles. Depuis que *L'Écho de Charlevoix* est fermé, je suis obligé de me contenter du *Progrès du Saguenay*, un journal bleu !

Silencieux, mon oncle Armand souriait des yeux. Je soupirai, à bout de patience.

— Est-ce qu'on s'en va ?

L'oncle Armand maniait habilement les guides sur le chemin côteux. Au hasard d'une descente, la végétation s'effaçait comme une fenêtre ouverte sur le Saguenay, sinon c'était la forêt à perte de vue.

— On ne peut pas se perdre, hein, mon oncle ?

— Ce chemin mène tout droit à Sainte-Anne, me rassura-t-il.

— Tiens, c'est drôle, un toit sur un pont !

— C'est le pont de la rivière Valin, m'apprit Philou.

— Regarde ! Des étourdis ont oublié leurs barils. Ils sont remplis d'eau.

— Ils sont là pour servir en cas d'incendie, rectifia-t-elle, souriant à ma naïveté. Il y a deux ans, le pont a failli passer au feu ! Depuis, on laisse toujours des barils à proximité, au cas où. Et malheur à celui qui aurait l'idée de voler un tonneau ! Ça coûte cher à tout le monde, reconstruire un pont.

— C'est bien loin ! me lamentai-je.

— Patience, Alice. Nous y sommes presque.

En effet, les cimes arrondies des monts Valin, les anses du Saguenay et leurs battures de foin sauvage… ce paysage qui m'était si familier s'estompait. Tout à coup, une éclaircie révéla l'autre rive. Aussi loin que portait mon regard, le panorama de Chicoutimi se déployait. Mon oncle stoppa la voiture pour nous permettre de l'admirer.

— Que c'est grand !

— Ce n'est guère plus qu'un gros village. Tu devrais voir Québec !

— Seigneur, le rabat-joie ! le sermonna Philou. Vois, Alice. D'ici, nous pouvons apercevoir le clocher de la cathédrale, le couvent du Bon-Pasteur, le séminaire… Et tout à fait à l'opposé, vers l'ouest, les vastes bâtiments de l'usine de pulpe qui apporte la prospérité à la ville. Si bien qu'on appelle Chicoutimi "la reine du Nord".

— Est-ce qu'on va manquer le bateau ? m'impatientai-je à nouveau.

La voiture se remit en branle pour entreprendre la descente d'une longue côte avant de longer la rive et apparut enfin, niché entre les versants des caps Saint-François et Saint-Joseph, le village de Sainte-Anne. Au quai était bel et bien amarré le traversier.

— Voici la maison de notre oncle, annonça Philou en désignant une demeure près du quai.

Le grand-oncle Épiphane nous attendait, tirant sur sa pipe en se berçant sur la galerie. Des yeux bienveillants souriaient au milieu d'un visage exempt de barbe et de favoris, orné simplement d'une petite moustache. Mon grand-oncle ne ressemblait guère à pépère Alfred.

— Ainsi, voici ma petite-nièce Alice-Lauretta, la plus vieille à Honoré ! J'ai un petit cadeau pour toi.

J'écarquillai les yeux : des bonbons ! Un gros sac de bonbons de toutes les couleurs, rempli à ras bord !

— Merci, mon oncle ! Je vais partager avec mes petits frères !

Et, touchée par autant de gentillesse, je m'empressai de plaquer un gros baiser sur sa joue bien rasée, ce dont mon grand-oncle se montra ravi :

— À la bonne heure !

— Nous pouvons vous confier Gamine ? intervint Armand.

— Mon employé la mène déjà à l'écurie.

Philomène fouillait dans son réticule pour en retirer trois pièces de dix cents.

— Mon oncle, voici l'argent pour le passage !

— Hé ! Veux-tu m'insulter, ma nièce ? La traversée est gratis pour la famille. Pas de protestation, Philomène ! Payez-vous la traite en ville ! Allez, ouste ! Le *Sainte-Anne* va appareiller dans cinq minutes. Pour ma part, je vous attends de bonne heure pour souper ! Et ne fais pas ces yeux ahuris, Armand. Foi d'Épiphane Gagnon, vous ne repartirez pas d'ici le ventre vide.

Petit Jésus que j'étais déçue !

Nous avions débarqué au quai à l'extrémité de la rue Racine dont les alentours grouillaient d'activités malodorantes : bois flottant sur le bassin de la rivière Chicoutimi, barges attendant leur chargement de ballots de pulpe, wagons de chemin de fer abandonnés au milieu de nulle part, bruit infernal d'une scierie à proximité, sans oublier l'essaim misérable de journaliers mendiant une corvée qui leur permettrait de gagner quelques sous. On aurait cru des quêteux.

— Tout est gris, ici ! me désolai-je.

— C'est que nous sommes à proximité des industries, m'expliqua Philou.

— Voici des gens qui n'attendent que notre clientèle, dit mon oncle qui se dirigeait vers des charretiers regroupés près du quai.

— Où allez-vous, mes seigneurs ? gouailla l'un d'eux.

— Au Château Saguenay, annonça mon oncle.

— Un château !

J'étais médusée.

— C'est le nom d'un grand hôtel, Alice, précisa Philou. Pas un château comme dans les contes de fées.

— Mais qui vaut le détour ! renchérit l'oncle Armand.

La voiture de louage s'engagea sur l'artère principale de la ville, la fameuse rue Racine. Un modeste pont enjambait un petit cours d'eau : la rivière aux Rats.

— Pouah ! Ici aussi, ça pue.

Et c'était bruyant, comme un bourdonnement incessant qui laissait peu de place au silence. La forêt était absente et des fils noirs perchés sur de hauts poteaux striaient le ciel. Que c'était laid ! À peine cette pensée traversa-t-elle mon esprit que nous passâmes dans un autre monde. Car la rue Racine prit subitement un autre visage : là, des maisons plus belles que celle de mon grand-père et entourées de jardins ombragés, ici, un édifice en briques comptant deux ou trois étages.

Sous les grands arbres d'un vaste jardin entouré d'une clôture en fer forgé, j'aperçus une élégante demeure. Coiffée d'un toit pentu que perçaient trois imposantes lucarnes, elle se prolongeait à l'arrière en une serre. On aurait dit une image de l'*Album universel*.

— Les gens qui habitent ici doivent être riches, évaluai-je.

— On l'appelle la "Vieille Maison". C'est la résidence de Dominique Guay, l'ancien maire. C'est lui qui a fait installer l'électricité et l'aqueduc partout dans la ville.

— L'électricité ? Qu'est-ce que c'est ?

— De l'énergie. Transportée par ces fils que tu trouves si laids. Grâce à monsieur Guay, Chicoutimi est une ville moderne. Il est aujourd'hui propriétaire du *Progrès du Saguenay*.

Eh bien ! Monsieur Guay devait être un homme très important, parce que tout le monde lisait son journal dans la région.

Dans la cour, une femme secouait des tapis, des hommes travaillaient au jardin.

— La famille Guay a des servantes et des serviteurs ?

— Assurément.

— Un jour, moi aussi, j'aurai une servante, déclarai-je.

— On aura tout entendu ! fit mon oncle en envoyant un clin d'œil à sa sœur.

La rue gravissait une pente légèrement abrupte.

— La côte Bossé divise la rue Racine, m'apprit mon oncle. En haut de la côte se trouvent la plupart des magasins, des belles boutiques et les hôtels. Tout ce qui t'intéresse, hein, Alice ?

Cinq minutes plus tard, la voiture s'arrêtait sur une esplanade, près d'un kiosque animé où étaient postés une dizaine d'autres charretiers qui tiraient sur leur pipe ou hélaient des clients. Levant les yeux, je découvris une superbe église dont les motifs de brique formaient comme de la dentelle aux arêtes des murs.

— La cathédrale Saint-François-Xavier, m'apprit Philou pendant que mon oncle réglait le cocher. C'est là que tes parents se sont mariés !

— Pour partir ensuite à l'Anse-aux-Foins ?

Comment avaient-ils pu préférer le rang Saint-Louis à la ville ?

— Et voici l'illustre château, m'indiqua mon oncle avec un large geste, comme s'il me présentait la demeure du roi d'Angleterre.

Le Château Saguenay était bel et bien un château, car deux tours ornaient sa façade. Entouré de larges galeries couvertes d'une terrasse qui surplombait la rivière, il se dressait à l'angle de la rue Racine et de la petite rue du Quai, bien nommée puisqu'elle menait au quai des vapeurs et à la gare de chemin de fer. Devant l'hôtel, le trottoir de bois s'élargissait, comme s'il était prévu que de nombreux passants s'agglutineraient à cet endroit pour contempler le Saguenay. Un bateau à aubes était accosté au quai.

— Regarde, Philou !

Des voyageurs en débarquaient : de belles dames toilettées et coiffées d'extravagants chapeaux, des messieurs en habit… Tous se dirigeaient vers le Château Saguenay et les autres hôtels de la ville.

— Des touristes qui viennent en voyage de pêche ou simplement admirer la région.

Déjà, mon oncle avait les yeux tournés vers l'immeuble voisin du Château, celui dont la façade s'ornait de galeries en arcades qu'il qualifia de « pur style Art nouveau ». Moi, ça ne me disait rien, ces grands mots, même si je trouvais ça bien beau.

— Le Colozza abrite plusieurs boutiques dont la célèbre bijouterie qui lui donne son nom.

— Vrai que Chicoutimi est une ville neuve, une ville de la modernité ! admira Philou. Elle te plaît, Alice ?

— Oh oui !

— Allons donc nous libérer d'une commission, proposa mon oncle en attirant mon attention sur un bâtiment en pierre de taille aux allures sévères et muni d'une grosse tour rectangulaire ornée d'une horloge en son centre. C'est l'hôtel de la Poste, juste là. Il est tout neuf.

— Je préfère le château, commentai-je.

Il fallut que mon oncle me prenne dans ses bras pour m'élever à la hauteur du guichet du postier. J'achetai deux timbres au coût de quatre cents en tout, comme ma mère l'avait prédit, et je postai les lettres. Le postier me remit un gros sou noir que je contemplai avant de le glisser soigneusement dans mon petit sac.

— Mission accomplie, décréta mon oncle. Que veux-tu faire de ta cenne noire ? Il y a un marchand de bonbons pas loin d'ici.

— Non, je la garde. Quand j'en aurai une autre, ça m'en fera deux. J'attends d'en avoir beaucoup, après je déciderai.

— Sage décision, approuva Philou.

— Que faisons-nous maintenant ? demandai-je, pressée de passer à la suite du programme de la journée.

Mon oncle allait me répondre quand une berline couverte attira notre regard. Sur les larges banquettes de cuir prenaient place une élégante dame et trois enfants. De beaux enfants proprets, manteaux boutonnés jusqu'au col et coiffés de bérets de marin se terminant par un mignon petit pompon. La mère tenait dans ses bras un joli bébé au bonnet blanc festonné et à la robe de satin et de dentelle à foison. Une femme en tenue modeste les accompagnait, vraisemblablement une domestique.

— Madame Dubuc et ses enfants ! la reconnut Philou.

— Son mari dirige la Compagnie de pulpe de Chicoutimi, un gros bonnet ! expliqua mon oncle qui consultait sa montre de gousset, comparant son heure à celle de la grande horloge de l'hôtel de la Poste. Onze heures trente, annonça-t-il. Si on veut une place pour le premier service du dîner, il est temps.

— Où allons-nous ?

— Au Château, bien sûr, m'annonça Philou. Nous avons l'intention de faire de ta première visite en ville un moment mémorable.

Pouvais-je être plus heureuse ?

Mes yeux n'étaient pas assez grands pour admirer les richesses du château : grands tapis colorés jetés sur le plancher, boiseries sombres, meubles en bois verni aux pattes élégamment recourbées…

— Toujours l'Art nouveau, nota mon oncle en poussant Philou du coude.

— Que tu es savant, mon frère, se moqua-t-elle un brin.

Dans la salle à manger, des flots de lumière provenaient des larges fenêtres qui donnaient sur le Saguenay. De la vaisselle et de la verrerie étincelantes étaient posées sur des tables recouvertes de nappes immaculées. D'ici, impossible d'apercevoir l'Anse-aux-Foins, c'était trop loin, mais entourée de mes deux anges gardiens, je ne craignais rien.

Des gens entraient derrière nous, aussi élégants que madame Dubuc. Dames aux chemisiers à jabot, messieurs très chics, même les enfants étaient toilettés. Comme j'avais bien fait de mettre ma robe du dimanche ! Et Philou, la taille corsetée dans un ensemble bleu composé d'une jupe et d'une redingote, était ravissante. Parée du chapeau d'Alicia, elle aussi attirait les regards.

— Tu comprends maintenant pourquoi on s'est mis sur notre trente-six ? se rengorgea mon oncle en prenant des airs de "monsieur" qui me faisaient rire. Et puis, observe un peu cette lumière extraordinaire. Pas de chandelles, pas de lampes à l'huile, mais bien des ampoules électriques.

Le nez en l'air, je contemplais les lustres qui projetaient l'étrange lumière et descendaient du plafond quand soudain, par mégarde, je bousculai deux messieurs en grande conversation. Ça avait l'air très important, car ils parlaient anglais. Tout confus, mon oncle Armand se précipita vers le plus grand des deux, celui qui avait les yeux clairs, semblant le reconnaître :

— Oh ! Monsieur Vézina. Veuillez excuser la maladresse de ma…

Ce dernier interrompit mon oncle :

— C'est à moi de me faire pardonner. J'étais si absorbé par la conversation que je n'ai pas fait attention. C'est votre fille ? demanda-t-il en me souriant gentiment. Avec une aussi jolie robe, tu viens célébrer un grand événement ?

— Oui, je vais commencer l'école, répondis-je avec aplomb.

— Ah ! Fort bien !

— J'ai assisté à un match, l'année dernière, monsieur Vézina, s'empressa de dire mon oncle. Je suis un de vos plus grands admirateurs. Ça me fait grand plaisir de vous serrer la main.

Impressionné, il en rougissait jusque sous sa moustache.

— Tu le connais ? s'étonna Philou, une fois que nous fûmes installés à une table.

— C'est Georges Vézina, du club de hockey de Chicoutimi. Le meilleur gardien de but de tous les temps. La rumeur court qu'il irait jouer à Montréal pour un nouveau club qui s'appellera les Canadiens.

— Eh bien ! Pas mal, pour un petit gars de Chicoutimi ! s'exclama Philou. Tu vois, Alice, nous allons dîner en compagnie d'une célébrité, ajouta-t-elle, adressant un petit sourire narquois à mon oncle avant de consulter le menu.

Un serveur en livrée attendait pour prendre notre commande.

— Nous allons prendre la blanquette de veau.

— La même chose pour votre fille ?

Dès qu'il nous eut tourné le dos, derrière la belle serviette de table, nous étouffâmes tous les trois un fou rire devant la confusion du serveur qui, comme le joueur de hockey, nous avait pris pour une vraie famille... Quelle belle journée !

Étrangement, Philou s'excusa au dessert :

— Armand, je dois y aller.

Elle était fébrile, tout d'un coup, un air énigmatique flottant sur son visage. Mon oncle aussi était troublé.

— Tu es sûre de toi, Philomène ?

Elle éluda la question.

— J'en ai pour une heure, au plus. On se retrouve chez Thomas Abel pour choisir les bottines d'Alice.

— Où vas-tu ? demandai-je, intriguée.

— J'ai un rendez-vous important. Je t'expliquerai plus tard, lorsqu'il sera temps.

Sur ces mots, elle quitta la salle à manger. Je la vis traverser la rue Racine.

— Ne t'inquiète pas, me rassura mon oncle Armand. En attendant, j'ai quelqu'un d'important à te présenter.

Il fit signe à une jeune femme qui semblait nous chercher. Elle lui sourit et se dirigea vers notre table.

— Alice, voici ma fiancée, mademoiselle Rosanna Tremblay, ta future tante.

— Ainsi, voici la filleule dont vous m'avez tant parlé, mon cher Armand. Alice, ça me fait plaisir de te connaître. Que dirais-tu d'une crème glacée ?

Piteuse, je baissai les yeux et mon oncle se mit à rire.

— Explique à mademoiselle pourquoi tu fais la grimace.

— J'aime pas ça.

— C'est curieux ! Tout le monde aime la crème glacée, surtout les enfants.

— La crème, ça goûte la vache. Et les vaches, j'haïs ça !

Elle se retint d'éclater de rire.

— Ah ! Je comprends. Un morceau de gâteau au chocolat peut-être ?

Elle était drôlement gentille, ma nouvelle tante Rosanna. J'avais moins de peine de voir mon parrain se marier. Je répondis :

— J'aimerais ça, ma tante.

Ils échangèrent un regard ; mon oncle Armand avait l'air heureux.

L'après-midi fut consacré aux emplettes. Chez Thomas Abel, où nous retrouvâmes Philou qui examinait la marchandise, nous achetâmes la plus jolie paire de bottines qui soit. Puis de la serge bleue et du coton blanc chez Gaudreault pour confectionner une robe et un tablier.

L'heure du retour avait déjà sonné. Nous avions décidé de retourner à pied jusqu'à la traverse. Sauf qu'en bas de la côte Bossé, mon oncle s'arrêta devant un curieux bâtiment à deux étages présentant une étroite façade. Ses murs de côté se prolongeaient vers l'arrière en s'évasant et du premier étage s'élevait une immense verrière qui montait jusqu'au toit.

— En souvenir de cette visite mémorable, nous allons nous faire tirer le portrait chez le meilleur photographe de la province de Québec !

Monsieur Lemay, abondante chevelure noire, barbichette pointue et moustaches à l'avenant, arborait une veste boutonnée sur une chemise à col cassé et une étroite cravate au nœud relâché.

— Un portrait de famille ? s'informa l'artiste. Vous avez de la chance, il n'est pas trop tard aujourd'hui, car je ne travaille qu'à la lumière du jour.

— Si je comprends bien, en novembre, à quatre heures de l'après-midi, vous ne travaillez plus, résuma mon oncle.

— Exactement.

Il nous entraîna vers une vaste pièce qui contenait tout son matériel de photographie ainsi que des meubles et divers objets utiles pour constituer un décor. Il y avait même, suspendus à un portemanteau, quelques beaux vêtements pour les clients moins fortunés. La verrière, qu'on remarquait de la rue, laissait entrer la lumière dans le studio.

Sans plus attendre, le photographe Lemay s'activa à installer les toiles sur lesquelles étaient peints des paysages bucoliques ou des colonnes antiques. Puis il s'affaira à nous placer. Tout en nous installant pour la pose, il ne cessait de parler :

— Madame peut conserver son beau chapeau, par contre monsieur doit retirer le sien et prendre place dans ce fauteuil. Madame son épouse, debout, légèrement à sa gauche et la jeune demoiselle devant son père. Voilà ! Charmant…

Encore une fois, on nous prenait pour une famille. Mon oncle Armand jouait le jeu, Philou et moi retenions un sourire. Aucun de nous ne chercha à dissiper la méprise.

— Avec les retouches, vous verrez, le résultat sera sensationnel. C'est ce qui fait ma réputation, je l'affirme en toute modestie. Bon. On ne bouge plus. Souriez des yeux. Bien, gardez la pose.

Ce qui me sembla durer un temps infini. En réalité, nous nous retrouvâmes rapidement sur le trottoir de bois avec la promesse que les photographies seraient expédiées par la poste en trois exemplaires à monsieur Armand Gagnon de l'Anse-aux-Foins.

Moulue de fatigue, emmitouflée dans une couverture entre Philou et mon oncle Armand, je m'étais endormie dans le boghei. Des bras vigoureux m'avaient par la suite transportée jusque dans mon lit sans que j'en aie conscience.

Le lendemain, dès l'heure du déjeuner, j'étais intarissable.

— Vous rendez-vous compte, moman ? À la ville, on peut acheter des carottes et des patates à La Bonne Ménagère ! Pas besoin de les faire pousser, tout est à portée de main en dix minutes.

— Parle encore du bateau de mon oncle Épiphane, réclama Aimé-Louis.

Sans lui répondre, je continuai :

— J'ai vu la cathédrale ! La lumière électrique. Le Château Saguenay, puis le bijoutier Colozza, est-ce que ça existait dans le temps où vous habitiez dans le rang Saint-Thomas ?

— Sainte-Bénite, Lauretta ! s'impatienta ma mère. T'es pas arrêtable à matin. Oui, bien sûr que j'ai déjà tout vu ça.

— Moman, je le sais, un jour, je vais vivre à Chicoutimi.

— Grand bien te fasse, Lauretta !

Il y avait comme un trémolo dans sa voix ; je crus discerner une larme dans le coin de son œil. Soudain, elle se leva brusquement pour entrer dans sa chambre, d'où elle ne ressortit qu'après une longue demi-heure, avec des yeux rougis qui me troublèrent. Qu'est-ce qu'elle avait, ma mère ?

J'avais eu le temps de préparer un pâté aux bleuets avec les derniers fruits de la saison. Des images repassaient dans ma tête : les arcades, les serveurs au château, la belle madame Dubuc…

De belles images emmagasinées, de quoi rêver en attendant de grandir…

Chapitre 10

Trahison

Ni la pluie ni le vent ne pouvaient m'empêcher de me rendre à l'école. Tandis que Théo Tremblay et les autres enfants de première année peinaient à former les lettres sur l'ardoise, déjà, au milieu du mois d'octobre, je les dépassais tous. Mademoiselle Desbiens avait commencé à m'enseigner à écrire dans un cahier, ce qui était habituellement réservé aux élèves de deuxième. Pour me récompenser de mon travail en classe, elle avait glissé une belle image aux contours dorés dans mon cahier d'écriture: une illustration de la Sainte Vierge, l'enfant Jésus dans ses bras. Que j'étais fière!

Après avoir déposé mes affaires dans la cuisine, j'avertis ma mère que j'allais montrer mon image à Philou, puis je dévalai le rang Saint-Louis en courant. La journée maussade avait rendu le chemin boueux. Peu importe! Ce n'est qu'une fois arrivée sur la galerie de la maison de mes grands-parents que je m'arrêtai pour reprendre mon souffle avant de pousser la porte d'en arrière qui donnait sur un petit vestibule. J'allais lancer un bonjour à la volée, quand des éclats de voix m'interdirent de franchir le seuil. Pépère semblait fâché:

— Qu'est-ce qu'il y a de mal à ce que le fils Bouchard vienne veiller ?

— Les Bouchard ont du bien et la fromagerie rapporte gros, enchaîna mémère Josette. C'est de l'avenir, ça !

— Puisque je vous dis que ça ne m'intéresse pas !

— J'ai de quoi t'offrir une belle dot, Philomène, comme je l'ai fait pour Alicia et Laure, insista mon grand-père. Après tout, t'es la fille d'Alfred Gagnon, le maire de l'Anse-aux-Foins ! Roméo Bouchard en personne est venu me demander pour son fils. Toute une considération !

— Pour ça, popa, je suis bien fière pour vous.

Mémère ajouta encore son grain de sel :

— Sûr que le fils Bouchard a la lanterne mal éclairée, sauf qu'une demoiselle Gagnon est capable d'apporter le vernis qu'il faut à un gars comme Martin. Il est gentil, et beau garçon en plus.

— Moman, popa, je vous suis bien reconnaissante de vous préoccuper de mon avenir…

— J'te connais, ma fille, l'interrompit mémère. Tu veux te sacrifier pour être notre bâton de vieillesse.

— L'un n'empêche pas l'autre, intervint pépère.

Mes pauvres grands-parents qui usaient de la salive pour rien ! J'aurais pu tout expliquer : elle ne voulait pas se marier parce qu'elle s'occupait de moi. Et Philou, qu'attendait-elle donc pour le leur faire savoir ? Je n'osais plus sortir de ma cachette, honteuse d'avoir surpris une conversation qui ne me concernait pas.

— C'est toujours ben pas à cause de cette vieille histoire autour de Jémina Bouchard ?

Mémère parut gênée en posant cette question.

— La mère Maltais qui prétendait vous avoir surprises sur le quai… Faut dire que la Jémina avait la réputation d'être contre-nature…

Mon grand-père s'emporta :

— Une blasphème de mauvaise langue ! Des rumeurs, des accroires. La Jémina vient d'épouser le fils du forgeron.

— Mes chers parents, vous ne comprenez pas.

Pauvre elle, pourquoi cette voix tremblante ? Pourquoi était-elle si désemparée ?

— Tu ne vas quand même pas me jouer le même tour que Laure ? Allons, parle, Philomène !

— Voyons, popa, bien au contraire.

Je compris soudain que l'heure était grave. Tant pis pour les reproches, je m'avançai de quelques pas pour me trouver dans l'embrasure de la porte de la cuisine sans que personne se rende compte de ma présence. Pépère, appuyé sur l'évier où il venait de déposer sa pipe, mémère qui tournait autour de la table à replacer une chose puis une autre… Philou essuya ses larmes, puis elle ferma les yeux et prit un grand respir pour se donner du courage.

— Le Seigneur m'a envoyé ses lumières.

Elle semblait avoir repris ses forces, car sa voix était ferme.

— Que signifie cela, Philomène ? demanda pépère, plein de suspicion.

Elle joignit alors les mains et déclara, dans un calme absolu :

— J'ai été acceptée comme novice chez les Augustines de la Miséricorde. J'entre au couvent cet automne.

— Quoi ? Ma petite fille, sœur cloîtrée… Oh, Seigneur ! Épargnez-moi.

Mémère s'écroula dans sa berceuse, tirant un grand mouchoir de sa poche.

— Comprenez, moman. C'est mon plus cher désir.

— Cloîtrée…, répéta ma grand-mère, effondrée. Ça veut dire… que je ne te verrai plus jamais. La ville… Tu sais bien que je n'y vais pas.

— Je sais, moman.

Philou essuya une larme d'un revers de manche.

— C'est un grand sacrifice que je vous demande. Et c'en est un pour moi aussi. Mais je veux mener une vie utile.

— Pourquoi pas chez les sœurs du Bon-Pasteur ? Au moins, tu pourrais revenir une fois de temps en temps.

— Soigner les gens, c'est ce que je souhaite, moman. C'est pour ça que j'ai choisi la communauté des hospitalières.

Mémère pleurait à chaudes larmes et moi aussi, j'avais les yeux mouillés. Pépère était devenu rouge. Il maugréa :

— Tu vas plutôt tuer ta pauvre mère, Philomène. Élever des enfants, c'est utile, il me semble !

— Des enfants… J'ai été comblée, popa. Après la mort d'Alicia, le bon Dieu m'a donné Alice. Elle est grande, désormais. Je peux enfin partir. Voyons, n'est-ce pas une belle nouvelle ? Votre fille entre en religion. Ce sacrifice qui me remplit de joie vous méritera le ciel !

Cette fois, c'en était trop. Je m'élançai dans la cuisine.

— Qu'est-ce que ça peut nous faire, le ciel ? T'as pas le droit de partir, Philou. Pas le droit !

Je courus à perdre haleine, tant que ma belle image échoua dans une ornière du rang Saint-Louis. Une fine pluie froide commençait à tomber, se mêlant à mes larmes brûlantes. Je repris la remontée en marchant à grands pas, mes pensées se bousculant dans ma tête fiévreuse. Philou, religieuse ? Ça ne pouvait être vrai, elle ne pouvait pas m'abandonner. Sinon, elle ne serait plus *ma* Philou ! Ses paroles me revenaient comme un écho : « Un sacrifice qui me remplit de joie », alors que plus jamais je ne la reverrais ? Enfouie sous un voile, enfermée dans un monastère ? La sans-cœur !

Plongée dans ma peine, je n'avais pas réalisé qu'un boghei me suivait. C'était elle !

— Viens, tu vas prendre froid.

— Ça me dérange pas !

— Je veux t'expliquer.

— Non !

Après quelques tentatives pour me raisonner, elle me devança en direction de chez nous. Pour annoncer à mes parents la « grande nouvelle », je suppose ! Quand je la croisai à son retour, elle me proposa de nouveau de me ramener à la maison. Je détournai brusquement la tête et courus jusqu'à ce que ma poitrine veuille exploser.

J'étais rentrée les vêtements et les cheveux mouillés, transie de froid. Le lendemain, je grelottais de fièvre. Malgré cela, je m'étais quand même habillée pour me rendre à l'école. Ma mère s'interposa alors et m'interdit formellement de sortir de la maison. Elle me menaça même d'aller me chercher par la peau du cou si je désobéissais, ce dont je la croyais incapable. Mon père, lui, n'aurait pas hésité à mettre pareille menace à exécution. Plutôt que de risquer d'être mortifiée devant toute la classe, je remontai dans ma chambre. À bien y penser, je me sentais faible. Enfouie sous les couvertures, j'entrepris de broyer du noir.

Philou m'avait trahie ! C'était elle qui avait fait venir sœur Sainte-Adrienne et sœur Sainte-Bibiane à l'Anse-aux-Foins. Qui avait même tenu à ce que je les rencontre !

Philou, qui vantait le travail des bonnes sœurs avec un éclat dans les yeux qui aurait dû éveiller ma méfiance. Pépère, malgré ses airs suspicieux devant les paroles mielleuses des religieuses, s'était fait endormir lui aussi. Et ce rendez-vous mystérieux à Chicoutimi, l'été dernier… Qu'avait fait Philou ce jour-là, sinon se rendre chez les mosus de bonnes sœurs ? Mon oncle Armand ! Bien sûr qu'il était au courant ! Ce regard étrange quand il lui avait demandé : « Tu es sûre de toi, Philomène ? » Rien que des cachotteries.

Je ruminais ces pensées quand ma tante Laure entra dans ma chambre et s'installa sur le bord de mon lit sans invitation.

— J'ai appris que tu étais malade.

Un autre mensonge.

— C'est *elle* qui vous envoie ?

— Elle a tellement de peine et tu refuses de la voir…

— Elle avait juste à pas m'en faire, de la peine, elle. En plus, vous le saviez !

Philou, Laure, Armand… À cause d'eux, j'avais le cœur en miettes.

— Oui, je le savais, confirma ma tante avec son calme habituel. On ne prend pas une telle décision sans en parler à personne. Philomène s'était confiée, mais c'était son secret et il n'était pas question pour nous de trahir sa confiance.

— Elle a pas le droit ! me révoltai-je.

— Bien sûr qu'elle a le droit. Elle a même retardé d'un an son entrée au couvent à cause de toi. Elle a attendu que tu commences l'école pour être bien certaine que tout se passe bien pour toi.

— Elle m'a rien dit !

— Et moi, je crois plutôt que tu ne veux rien entendre pour le moment, n'est-ce pas, Alice-Lauretta ?

Pour toute réponse, je la dévisageai d'un regard noir.

— Elle voulait t'en parler en temps opportun, poursuivit ma tante, sans sourciller. Même nos parents n'étaient pas au courant ! Philomène craignait qu'ils tentent de la détourner de son choix. Et j'approuve sa manière d'agir.

J'en avais assez entendu. Je me cachai sous la couverture, que Laure tira d'un geste vif.

— Attends, je n'ai pas fini. Philomène a fait un choix en son âme et conscience, notre devoir est de le respecter. Chacun a le droit de choisir sa route. Quand ton tour viendra, tu auras droit à la même considération.

— Franchement, Laure, vous devriez pas lui mettre toutes ces folleries en tête, déplora ma mère, venue en curieuse, la tête dans l'embrasure de la porte. Choisir sa route ! Vous savez bien que c'est pas de même que ça se passe…

— Vraiment, Marie ? Et que penser de votre cas, alors ? releva ma tante.

Ma mère eut un drôle de regard.

— Vous devriez descendre, Laure. Votre thé refroidit.

J'avais compris. Je ne pouvais compter sur personne.

Sur ma commode, je saisis la photographie prise à Chicoutimi avec Armand et Philou. Moi qui les croyais mes anges gardiens. Ce n'était qu'un leurre, ils m'avaient abandonnée. Je sautai hors du lit. L'instant d'après, le cadre se retrouva à terre, la vitre en morceaux. J'arrachai la photo, puis dévalai les escaliers.

Ma mère et Laure, qui buvaient du thé en commentant le « sacrifice » de Philou, arrêtèrent net de parler. Je soulevai le rond du poêle et jetai la photo dans le feu. Ma mère esquissa un geste pour m'en empêcher, mais Laure l'arrêta en posant sa main sur son bras. J'attendis patiemment que la photo soit entièrement consumée avant de replacer lentement le lourd rond de fonte sur le poêle, puis je retournai dans ma chambre sans un mot.

Chapitre 11

La déchirure

Au mois d'avril 1912, nous avions appris avec effroi que monsieur Dubuc, le directeur de la Compagnie de pulpe de Chicoutimi et le bienfaiteur de la région, aurait pu périr dans le naufrage du *Titanic*. À Londres pour ses affaires, il avait été retardé par un empêchement de dernière minute à Southampton ; il avait manqué l'embarquement. C'eût été un terrible malheur que de perdre un aussi grand homme.

La tragédie du siècle ! Le sujet était sur toutes les lèvres. Mademoiselle Desbiens nous avait montré la première page de *La Patrie* : le dessin d'une femme qui pleurait avec, à l'arrière-plan, le navire qui s'enfonçait dans l'océan. J'en eus la chair de poule. Comme si, du bout du quai de l'Anse-aux-Foins, j'avais assisté au spectacle terrifiant du bateau qui fendait l'onde avant de sombrer. Que pouvait-il arriver de pire ? En classe, nous avions prié ardemment pour les pauvres Canadiens morts noyés.

Nous étions en mai. Mes années à l'école du rang Saint-Louis m'avaient aidée à supporter l'absence de Philou, mais son départ avait laissé un grand trou dans mon cœur. Je terminerais ma quatrième année scolaire en juin. Les écoles de rang n'allaient pas au-delà. Seule l'école modèle, au village, offrait les sept années du cours primaire. Juliette, elle, avait doublé une année sans même en être troublée.

— Comme ça, nous serons ensemble, Alice-Lauretta, avait-elle dit.

Je ne comprenais pas ma cousine. À sa place, j'aurais été humiliée. J'étais studieuse, ma soif de m'instruire était loin d'être tarie et j'avais la ferme intention de me rendre jusqu'à la septième année. Mademoiselle Desbiens m'y encourageait. Si je travaillais fort, plus tard, je pourrais ensuite être admise à l'École normale des sœurs du Bon-Pasteur.

J'entrevoyais ce bel avenir tout en me préparant à faire ma première communion et ma confirmation, qui seraient célébrées quelques jours plus tard. Au cours des quatre longues semaines d'enseignement religieux qui nous préparaient à ces grands événements, il ne fallait rien négliger pour réussir l'interrogatoire serré de monsieur le curé. Avec ferveur, avant chaque leçon, je prononçais cette prière : « Bon Jésus, bénissez-nous ! Marie, notre mère, aidez-nous à bien comprendre. »

Le grand jour était prévu pour le 8 mai, un mercredi. Les pères de famille s'en montrèrent satisfaits :

— Bonne affaire que les premières communions tombent si tôt dans le mois, avait confié mon père à Napoléon Tremblay, celui de Théo. Ça gêne pas aux semailles, on a pas encore commencé.

Notre voisin faisait preuve de plus de scepticisme :

— Même si le temps le permettait, faudrait tout de même attendre jusqu'à lundi parce que dimanche, monseigneur Labrecque vient dans la paroisse pour la confirmation des enfants. Semer un jour pour s'interrompre le lendemain, ça se fait pas. Tant qu'à moi, communion et confirmation, on pourrait régler tout ça le même jour, on gagnerait du temps.

— Moi, je dis que si l'évêque travaillait au champ, les calendriers liturgiques seraient pensés autrement, avait ajouté l'oncle Armand en tirant sur sa pipe.

Le matin du grand jour, un ciel sans nuage annonçait que le bon Dieu veillait sur nous. Mon trousseau de communiante était étalé sur mon lit : les bas à enfiler sous le jupon empesé, la robe à trois volants, sans oublier les chaussures, le tout d'un blanc immaculé. Puis venait le voile de tulle prêté par mémère pour la circonstance, un voile ancien fait de dentelle fine qui avait servi à Laure, à Alicia et à Philou. Comme il avait légèrement jauni avec le temps, mémère l'avait fait tremper dans une solution de bicarbonate de soude pour le blanchir. Juliette, elle, aurait droit à un voile neuf, œuvre de sa mère.

Une fois habillée, je descendis en portant le mien jusqu'à la cuisine avec mille précautions. Ma mère le fixa sur ma tête pendant que je me tortillais pour enfiler les courts gants blancs, la touche finale à ma toilette.

— Reste tranquille, Lauretta.

L'ampleur de sa taille montrait qu'elle attendait encore « du nouveau ». À onze ans, l'étrange expression avait fini par me livrer son secret : le ventre arrondi de ma mère signifiait l'arrivée d'un nouveau petit frère dans quelques mois. Les enfants sortaient du ventre des mères ; j'imaginais qu'ils arrivaient par le nombril.

Des petits frères, j'en avais cinq, désormais. Tout en poursuivant ma scolarité, j'apportais toute l'assistance possible à ma mère. Le samedi, j'aidais à la lessive et au repassage. La vaisselle, c'était toujours pour moi, tout comme la supervision des devoirs de mes frères. Comme je ne pouvais pas tout faire, j'obligeais Aimé-Louis, dix ans, à faire le train avec notre père et Alphonse, huit ans, à s'occuper du poulailler. Quoique, on ne pouvait pas vraiment se fier à ces deux-là ! Ce serait bientôt au tour d'Albert, six ans, d'entrer à l'école. Adélard avait quatre ans et Alban était encore un bébé en robe qui n'avait pas deux ans. Comment allais-je m'y prendre lorsque j'irais à l'école du village ? Je cherchais encore la solution.

À l'église, le curé nous abreuva de paroles pieuses, cherchant à imprégner nos âmes exemptes de péchés. Quelques rires étouffés fusèrent du côté des garçons, des « chut » sévères du côté des filles. Et quand, sous le regard ému de nos familles, nous remontâmes l'allée centrale jusqu'à la sainte table où nous attendait le prêtre, les filles en blanc à gauche, les garçons dans leur habit à culotte courte avec le traditionnel brassard blanc à droite, nos mères, chapeautées et gantées, épongèrent discrètement leurs larmes du bout de leurs mouchoirs. Têtes nues, nos pères conservaient un air de circonstance qui contrastait avec les mines réjouies d'une famille qui faisait baptiser du côté de la chapelle ouest. Des grands-mères reniflaient discrètement.

Le petit Jésus, sous la forme de la sainte hostie, venait d'atteindre mon cœur. Enfin, j'étais grande et sage, presque vieille.

À la sortie de la messe, tandis que nous nous dispersions pour aller rejoindre nos familles, mon oncle Armand m'attendait, tiré à quatre épingles, radieux.

— J'ai un cadeau pour toi. Un cadeau de ton parrain.

Dans une jolie boîte se trouvait un missel. Tranche dorée, fin signet de soie, pages en papier bible, lettrines colorées, couverture en bakélite nacrée.

— Oh ! C'est beau sans bon sens ! Merci, mon oncle. Je vais le conserver toute ma vie.

Après la cérémonie, mémère avait préparé un banquet en notre honneur à Juliette et à moi. Des tables avaient été ajoutées, dressées de vaisselle disparate empruntée disposée sur des nappes immaculées. La grande maison avait revêtu ses airs de fête et fleurait bon la tourtière, les fèves au lard et les tartes au sucre.

En ce jour de réjouissances, les vieilles disputes n'avaient aucun droit de cité. Théo était parmi les invités – « C'est le cousin de Juliette, après tout », avait dit mémère – ainsi que toute sa famille. Petit Jésus qu'il m'agaçait ! Toujours à rôder autour de moi comme les piquants des champs qui s'accrochent aux vêtements ! Même mademoiselle Desbiens était là, invitée par mon grand-père.

— J'ai accepté pour plaider ta cause, Alice-Lauretta, murmura-t-elle en venant me féliciter pour mon beau missel.

— De quelle cause parlez-vous ? demanda mémère.

— Votre petite fille souhaite aller le plus loin possible dans ses études, l'informa ma maîtresse d'école.

Je vis là le parfait moment pour mettre mon plan à exécution :

— Si j'allais à l'école du village, est-ce que je pourrais coucher chez vous, mémère, surtout pendant l'hiver ?

— Je ne dis pas non, chère ! Depuis le départ de Philomène, je trouve la maison bien vide. On en parlera à ton grand-père plus tard. Là, faut que je m'occupe de mon monde.

Juliette et moi, « les reines du jour », déambulions parmi les invités, toujours vêtues de nos robes blanches. Je montrais mon missel à tout le monde ; même Juliette en était jalouse.

— T'es chanceuse, Alice-Lauretta. Moi aussi, j'aurais aimé ça, un beau missel de même.

— Juliette… t'as ton voile. Tu pourras le remettre le jour de ton mariage tellement il est beau !

Mes frères s'approchaient :

— Nous autres aussi, on veut voir ton missel, exigea Alphonse en poussant Aimé-Louis devant lui.

— Je vous le montrerai demain matin.

Alphonse insista en cherchant à m'enlever mon nouveau trésor, que je tenais bien serré sur ma poitrine.

— Envoye, montre-le !

Théo s'interposa entre Alphonse et moi.

— Si le missel de Lauretta est abîmé, je vais penser que c'est toi. Et là, je te promets que tu vas avoir affaire à moi. C'est-tu clair ? Toi aussi, Aimé-Louis.

— Oh, moi ! Les affaires de ma sœur, ça m'intéresse pas.

Alphonse se rembrunit puis nous tourna le dos.

— Tu dois des remerciements à Théo, me chuchota Juliette.

Encore décontenancée d'avoir vu Théo prendre ma défense, je murmurai :

— Merci, Théo !

Mais il avait disparu.

Mon missel… Dieu sait pourquoi, en le voyant entre les mains de mon père qui l'examinait sous toutes ses coutures, une petite crainte me tritura le ventre.

— Comme je connais Armand, il a dû y mettre le prix pour faire un cadeau à sa filleule. Qu'est-ce que t'en penses, Marie ? On pourrait le revendre…

Avant qu'il puisse finir sa phrase, je le lui arrachai des mains.

— C'est à moi, pas à vous !

— Ton père parle pour rire, hein, Honoré ? intervint ma grand-mère qui avait tout entendu. Alice, va donc mettre ton beau missel sur la petite commode de ma chambre. Tu le reprendras avant de partir.

Mon père haussa les épaules et alla se servir un verre de p'tit blanc. Le vin de pissenlit de mémère faisait le bonheur des dames, les conversations s'animaient, ça riait, le ton s'élevait parfois pour redescendre aussitôt. On entendait des compliments sur la tourtière et les fèves au lard, on en redemandait.

Les femmes s'émouvaient d'apprendre qu'on repêchait encore des morts naufragés du *Titanic*. Chez les hommes, la politique avait tous les droits, puisque des élections se tiendraient la semaine suivante. Pépère, en bon libéral, tenait le crachoir :

— Faut reconduire Lomer Gouin à Québec. Surtout que les conservateurs de Borden, maudits soient-ils, sont entrés à Ottawa.

Il ne se remettait pas de la défaite de Laurier, « un Canadien français comme nous autres ». Mon oncle Rosaire l'appuyait :

— Pour ça, monsieur Gagnon, moi aussi, je vais voter rouge. Quand je pense que dans les écoles du Manitoba et de l'Ontario, les petits Canadiens français n'ont pas le droit de s'instruire dans leur langue maternelle !

— C'est ça, les conservateurs. Ça mange du Canadien français tous les jours au déjeuner. Est-ce qu'on prive les protestants de leurs écoles anglaises dans la province de Québec ?

— En plus, Borden veut faire construire des bateaux pour "la mère patrie". Apparence qu'il y aura une guerre contre l'Allemagne.

Tous s'indignèrent.

— Les guerres de l'Angleterre ne nous concernent pas, déclara mon oncle Armand.

— Assez de politique pour astheure, s'interposa joyeusement mémère. C'est le temps du dessert.

— Si vous nous prenez par les sentiments…

La panse pleine des bons desserts de notre grand-mère, nous, les enfants, nous étions levés de table. Comme nous avions besoin de nous dégourdir les jambes, Juliette et moi avions offert notre aide pour débarrasser les assiettes et disposer sur la table les tasses, le thé, le sucre et le lait.

Ma grand-mère décréta qu'il était temps de ranger l'alcool. Pépère n'était pas aussi pressé :

— Ça peut attendre, Josette.

— Et moi, je dis que le vice-président de la Ligue du Sacré-Cœur, maire de l'Anse-aux-Foins de surcroît, a assez abusé du caribou, le disputa mémère en raflant toutes les bouteilles qui traînaient encore.

Mademoiselle Desbiens, qui s'était elle aussi offerte pour faire le service du thé, remplissait les tasses. Tout en vidant son dernier verre, mon grand-père en profita pour la complimenter.

— La cérémonie était parfaite, mademoiselle. Vous aviez bien préparé vos élèves.

— C'est bien trop d'honneur uniquement pour moi, monsieur le président de la commission scolaire. Ce sont les élèves qu'il faut féliciter. Et vous pouvez être fier de votre petite-fille Alice-Lauretta. Elle est ma meilleure élève, vous savez ?

— C'est vrai, Alice ?

— Dans presque toutes les matières.

— Ne me dis pas que t'es faible en catéchisme…

— C'est pas le catéchisme, c'est l'agriculture. Qu'une poule ponde cent vingt œufs par année, ça m'intéresse pas. À part de ça, j'ai pas besoin d'aller à l'école pour connaître le temps des récoltes ou les mois de lactation des vaches. Je préfère la géographie. Je connais par cœur le nom des neuf provinces et des deux territoires, et même leur date d'entrée dans la Confédération.

Les yeux de mon grand-père pétillaient. Voyant ses bonnes dispositions, je crus que c'était le temps de parler de mon idée. Je lui chuchotai à l'oreille :

— Pépère, j'ai une faveur à vous demander.

— Après avoir proclamé que tu n'aimais pas l'agriculture ? plaisanta-t-il.

Je faillis me laisser prendre par son ton faussement bourru ; j'allais même laisser tomber, quand mémère s'avança.

— Vas-y, Alice ! Tu n'as pas coutume d'être gênée.

— Si je vais à l'école du village, en septembre, est-ce que je peux rester chez vous pendant l'hiver ? Je peux aider mémère. Je travaille fort, vous savez.

Comme mon grand-père demeurait dubitatif, je sortis mon dernier argument :

— Je pourrais même m'occuper des poules.

Pépère éclata alors de rire, et je compris que j'avais mal manœuvré. Mémère aussi vit venir la tempête :

— Ne dis rien, Alfred.

C'était trop tard.

— T'entends ça, Honoré ? Ta fille veut tenir mon poulailler en guise de pension !

— De quoi vous parlez, l'père ?

— Comme ça, Alice continue à l'école du village, l'année prochaine ! C'est tout à ton honneur ! Ta fille va s'instruire. Elle pourra effacer la honte de son père.

— Alfred !

— Ça se fera pas, cassa mon père.

Le p'tit blanc aidant, il se dressa sur ses ergots, tout comme Alfred, qui avait son air bravache.

— C'est plein de bon sens, l'école du village : ta fille est première de classe !

Croyant aider, mademoiselle Desbiens voulut plaider ma cause :

— Elle est douée, votre fille, monsieur Gagnon, elle pourrait même devenir institutrice, elle sait déjà se faire obéir des enfants.

— Que vous soyez fière de votre élève, c'est d'adon, mam'zelle, répondit mon père alors que j'aurais voulu disparaître sous le plancher. Sauf que nous autres, on a besoin d'elle à la maison. En plus, faudrait pas que notre fille pète plus haut que le trou ! L'école, c'est fini pour elle à la fin de l'année.

Mademoiselle Desbiens était consternée. La désolation se lisait sur le visage de mon oncle Armand. Et moi, j'étais anéantie…

Mon père s'approcha et m'attrapa par le bras sans que personne tente un geste pour le retenir. Il me serrait fort, ça faisait mal, il grommelait entre ses dents, son haleine sentait l'alcool.

— Calvaise ! T'as encore voulu m'humilier ? Disparais, si tu veux pas en manger toute une !

Au bout du quai, les yeux perdus dans les eaux du Saguenay, j'étais comme une naufragée du *Titanic*, j'allais mourir. Il devait être tard, je savais que j'avais froid, bien que mon corps refusât de bouger, paralysé. À la brunante, Théo me retrouva. Il portait encore ses habits de communiant et retira sa veste pour la poser sur mes épaules.

— Tiens. Ma tante Laure a pensé que tu pouvais être ici. Viens, Lauretta. C'est l'heure de rentrer.

Aucun mot ne pouvait sortir de ma bouche.

— Parle-moi, Lauretta ! J'te connais. Tu vas continuer de t'instruire, lire le journal, des revues. Je le sais, j'en suis sûr. Allez, reste pas ici. Viens-t'en.

Je me mis à trembler comme une feuille. Il passa son bras autour de mes épaules, ça me réchauffait, je le laissai faire. Nous croisâmes la voiture de Laure, qui nous cherchait.

— Montez, les enfants.

Quand nous arrivâmes dans notre cour, ma tante descendit.

— Théo, attends-moi le temps que j'accompagne Alice-Lauretta, puis je te ramène chez toi.

À ma mère, Laure conseilla :

— Faites-lui prendre un breuvage chaud avant de dormir, Marie. Elle a pris froid.

Je ne voulais rien, pas même une gorgée de bouillon, ça ne passait pas. Quelque chose en moi s'était rompu. Une grande déchirure par en dedans. Comme le *Titanic*, je sombrai dans le noir.

Chapitre 12

L'idée de Laure

À quoi bon terminer mon année scolaire ? J'avais perdu le goût. Les regards insistants de mademoiselle Desbiens m'indisposaient. À la maison, c'était pire encore. Sans que je comprenne pourquoi, les larmes me montaient souvent aux yeux, j'étais toujours triste, je sentais comme un poids sur mes épaules. J'accomplissais mes tâches en silence, dissimulant mon chagrin jusqu'à ce que je puisse me réfugier dans ma chambre pour pleurer tout mon soûl. Des jours que ça durait ! J'attendais que ça guérisse, comme un vilain rhume ou une indigestion. Ça ne passait pas. Sans appétit, je grignotais pour faire plaisir à ma mère et rassurer ses yeux inquiets.

Puis, un matin, tout explosa. À l'heure du déjeuner, la pagaille habituelle régnait dans la cuisine : Alphonse se tiraillait avec Adélard. Alban, du haut de ses deux ans, jouait avec sa nourriture qui, invariablement, allait choir au pied de la chaise haute. Seul Albert était à son affaire. Il revenait du poulailler avec les œufs, tâche en principe dévolue à Alphonse, sur qui il était impossible de compter. Contrairement à son habitude, ma mère distribuait taloches et menaces, efforts inutiles qui ne contribuaient qu'à amplifier le chaos. Ma mère avec son ventre arrondi qui lançait dans ma direction des appels au secours… En vain. Prostrée sur ma chaise, j'émiettais ma rôtie du bout des doigts, luttant farouchement contre l'envie de pleurer.

Elle venait de réussir à séparer Alphonse et Adélard en expédiant le premier dehors juste comme mon père rentrait de l'étable, furieux d'être en retard pour la livraison du lait à la fromagerie : Aimé-Louis, le paresseux, ne s'était pas levé à temps, puis avait filé avant la tempête. Et c'est moi qui reçus la pluie de reproches.

— T'aurais pas pu le réveiller ?

— Je suis allée le secouer, popa, mais il a pas réagi.

— C'est vrai, renchérit le fidèle Albert.

— Toi, plutôt que de faire le porte-panier, il y a du fumier à pelleter. Pis toi, Lauretta, ça t'a pas traversé l'esprit de remplacer ton frère pour le train ?

— Voyons, popa…

J'allais énumérer toutes les tâches qui m'incombaient dans la maison : ménage, lessive, cuisine, quand soudain, sans crier gare, toutes les larmes que je retenais depuis mon lever se mirent à couler en un flot incessant qu'aucune digue n'aurait pu arrêter.

— La v'là qui braille, astheure. Si tu penses pouvoir m'amadouer avec des larmes, Lauretta Gagnon, tu te trompes.

— Tais-toi, Honoré ! Tu vois pas qu'elle a pas l'air dans son assiette depuis un bout de temps ?

Ma mère s'approcha :

— Qu'est-ce qui t'arrive, Lauretta ? T'es malade ?

Et dans un geste inattendu, elle m'enlaça. Cette sensation de ma mère tout contre moi, ça faisait tellement longtemps que j'avais oublié jusqu'à son odeur de poudre parfumée… Dans mon souvenir, il n'y avait que Philou pour me serrer ainsi.

Ma Philou… Petit Jésus qu'elle me manquait !

Mes larmes redoublèrent, je m'enfuis dans ma chambre.

Plus tard, quand Albert monta voir si ça allait mieux, je le repoussai vivement :

— Va-t'en ! Laisse-moi tranquille.

Je me mouchai dans ma taie d'oreiller complètement trempée. Puis, d'épuisement, je m'assoupis. Je dormis toute la journée.

À partir de ce jour, je restai roulée en boule sur mon lit. Dehors, le ciel limpide de juin n'arrivait pas à mettre un baume sur cette blessure qui ne se refermait pas. Ne plus penser à rien ! Le vide, oui, le vide !

Dans notre petite maison, impossible d'être entourée de silence, sans compter que de ma chambre, j'entendais toutes les conversations qui provenaient de la cuisine.

— Marie, brasse ta fille, sinon c'est moi qui vais y aller, pis tu vas voir comme ça va marcher. Une semaine qu'elle traîne au lit… Ça va faire, les caprices !

— Tu vas surtout aller quérir le docteur Claveau, lui tint tête ma mère. Je suis inquiète sans bon sens ! Lauretta a toujours eu un petit appétit, mais là, elle mange plus et elle se plaint aussi de maux de ventre. Imagine qu'elle aurait l'appendicite ! Pis moi, avec mes jambes, j'ai de la misère à monter l'escalier pour aller la voir.

— Le docteur en plus ! Mam'zelle va nous coûter de l'argent ! Et toi qui vas accoucher dans quelques semaines.

— Je suis pas la seule responsable de mon état…, riposta ma mère. Pis grouille chercher le docteur si tu tiens à la vie de notre fille !

J'entendis claquer la porte-moustiquaire, puis le bruit du boghei qui traversait la cour. Quelques minutes plus tard, Albert venait en messager.

— Moman te demande de faire un effort pour t'habiller parce que le docteur va venir te voir.

Je hochai la tête pour dire oui. Pourtant, quand le docteur Claveau entra dans ma chambre, j'étais encore en jaquette. Le souffle coupé par la montée de l'escalier et son gros ventre, ma mère s'assit sur la petite chaise de ma chambre pour assister à l'examen. Le docteur Claveau venait de poser sur la commode sa sacoche de cuir patiné, de laquelle il retira un stéthoscope. C'était froid sur la poitrine, il palpa mon ventre, mon cou ; je tirai la langue à sa demande. Ensuite, il me questionna, me demanda si j'avais des cousines proches, des compagnes d'école. Il m'apprit que mademoiselle Desbiens avait demandé de mes nouvelles.

Une fois l'examen terminé, le docteur se tourna vers ma mère, qui attendait le diagnostic avec anxiété.

— Parfois, chez les jeunes filles de cet âge, on observe un dérèglement nerveux à l'arrivée des menstruations. Quoique, cette enfant est trop jeune pour avoir eu ses règles, je me trompe, madame Gagnon ?

— À onze ans ? Telle que vous la voyez, elle a même pas de formes, docteur.

— C'est vrai qu'elle n'est pas bien grosse, concéda le médecin, que ce point semblait préoccuper.

— Rien d'étonnant. Ça fait une bonne semaine qu'elle mange pas. Qu'est-ce qu'elle a, docteur ?

— Cette enfant a subi un choc qui l'a plongée dans une profonde mélancolie.

— C'est grave, ça ? Allez-vous lui donner des pilules pour les nerfs ?

— Tant que cet état ne se transforme pas en neurasthénie aiguë, je préfère éviter ce genre de médicaments. Surtout chez un être aussi jeune.

— Qu'est-ce qu'il faut faire ?

— D'abord, elle doit manger, madame Gagnon. Servez-lui ses plats préférés. Quelques cuillerées d'une bonne soupe aux légumes ou à l'orge, du pain, de la viande rouge si possible.

— De la viande rouge… on en a pas chez nous.

— Vous en trouverez au village, chez le boucher, l'important est qu'elle reprenne des forces.

— Faudra que tu descendes pour manger, Lauretta, parce j'ai de la misère à monter l'escalier.

— Un de ses frères peut lui monter un plateau, suggéra le médecin. Son déjeuner, par exemple. Cette enfant a besoin de se sentir choyée !

— Elle est pas maltraitée, s'offusqua ma mère.

— Ce n'est pas ce que je voulais dire, grommela le docteur. De plus, sortir de sa chambre contribuera à sa guérison. C'est d'ailleurs ma deuxième recommandation : Alice-Lauretta, tous les matins, après ton déjeuner, tu te lèves, tu t'habilles et tu descends. Ensuite, tu sors. S'il fait beau, tu en profites pour prendre l'air. Va marcher, ça te donnera de l'appétit. Car si tu t'obstines à rester dans ta chambre, tu deviendras gravement malade.

Puis, se tournant vers ma mère :

— Les draps doivent être propres, la chambre balayée.

— Sachez que ma fille tient sa chambre bien à l'ordre.

Le médecin continua sans tenir compte de l'air outré de ma mère.

— Il faut aussi la distraire. Invitez des amies, proposez-lui tout ce qu'elle aime… Lire, broder, que sais-je?

— Docteur, j'espère que vos idées sont bonnes. Parce qu'avec notre grosse famille, on a besoin que notre grande fille recouvre la santé.

Le médecin soupira.

— Je sais. On exige beaucoup de ces fillettes. Cependant, si cette maladie de langueur persiste, vous ne serez pas plus avancée.

Un boghei s'arrêta dans la cour: ma tante Laure arrivait, et Juliette l'accompagnait! Au moins, j'étais habillée et assise sur la galerie selon les conseils du docteur. Quoique le spectacle de la cour de ferme avec son désordre, un tas d'ordures d'un côté et un tas de fumier de l'autre, n'avait rien pour me remonter le moral.

Ma tante déposa sur le sol son éternel sac à ouvrage en tapisserie pour m'examiner de pied en cap.

— Hum! T'as toujours été menue, sauf que là, t'es franchement maigre. Et ces cernes noirs… Mais je te connais, ma nièce, tu t'en sortiras.

Je remarquai tout de suite que Juliette avait mis une belle robe pour venir me voir. Sous le chapeau de paille auquel elle avait ajouté un ruban, son visage avait déjà pris une jolie teinte hâlée. Elle m'embrassa sur la joue et je lui rendis son sourire, heureuse de les voir toutes les deux. Ma tante arbora un air satisfait.

— J'me disais, aussi, qu'un peu de visite te ferait du bien! Bon, pendant que je suis ici, aussi bien en profiter pour donner un coup de main à ta mère pour le dîner. Juliette et moi, on s'invite. Ça te donnera peut-être le goût de te mettre à table, Alice-Lauretta...

Chère tante Laure ! À l'heure du repas, elle m'ordonna de rester assise.

— Non, Honoré ! proféra-t-elle en coupant court aux protestations de mon père. Ta fille est malade...

Juliette l'aida donc à servir la soupe avant de se rasseoir à mes côtés pour ne plus bouger. Elle me tapotait la main, me gavant de ses sourires. C'était bon.

— Moman dit que j'ai pas besoin de te parler. Juste de rester à côté de toi.

— T'es fine, Juliette.

Nouveau pincement dans la poitrine et yeux qui piquèrent.

— Pleure pas, Alice-Lauretta, chuchota ma gentille cousine. Moman et moi, on est là.

Toute la maisonnée profita du changement d'ambiance. Mes frères eurent beau manifester leur joie en se livrant à leurs niaiseries habituelles, un seul regard de ma tante suffit à les tenir tranquilles. Le repas se déroula dans une rare et bienfaisante quiétude. Ma mère était ravie de cette aide inattendue.

— Je sais pas comment vous faites, Laure ! Ma foi, c'est un don d'arriver à se faire obéir au doigt et à l'œil. Ça doit venir des Gagnon parce que Lauretta aussi...

— C'est simple. Quand ils savent qu'ils ont intérêt à ne pas outrepasser les règles, ça marche.

— T'es ici pour nous faire des reproches ? bougonna mon père.

— Ne prends pas la mouche, mon frère ! J'ai rencontré le docteur Claveau, qui m'a parlé de ma nièce.

— Sa visite a pas changé grand-chose, sauf l'argent qui est passé de ma poche à la sienne.

— Au moins, on sait de quoi il en retourne. C'est bien simple, il faut la sortir d'ici.

— Encore une de tes bonnes idées, je suppose ? Où veux-tu qu'elle aille ?

— On trouvera. Ce n'est quand même pas compliqué ! Ta fille a besoin qu'on prenne soin d'elle. Après ça, elle ira mieux. Juliette, on débarrasse pour faire place au dessert. Vous autres, les garçons, vous donnez un coup de main.

Un vrai miracle de voir Aimé-Louis et Alphonse desservir. Ma tante avait fait des tartes au caramel, mes préférées. Mes frères se transformèrent en vrais petits anges. Laure distribua les parts de dessert.

— Alice-Lauretta, aimerais-tu aller passer quelques jours chez mémère Josette ? Tu serais traitée aux petits oignons.

Chez ma grand-mère ? Seule, dans la grande balançoire ?

— Bon, v'là qu'elle se remet à brailler ! Tu vois où ça mène, ton grand génie ! la critiqua mon père, exaspéré.

Philosophe, Laure fit celle qui n'avait rien entendu.

— Veux-tu venir chez nous ? proposa Juliette. Tu dormirais dans ma chambre et je m'occuperais de toi.

Chère et généreuse Juliette ! Je lui serrai fortement les mains. Ma tante Laure réfléchissait.

— Je vais écrire à Philomène. Elle nous aidera à trouver un moyen de soigner notre nièce. En attendant, Alice-Lauretta, Juliette et moi, nous avons une surprise pour toi.

Le mot « surprise » eut l'effet d'une étincelle chez mes frères. Ma tante les regarda de travers.

— Que voulez-vous, bande de mauvais garnements ?

— Ben… nous aussi, on veut avoir une surprise.

— Et les tartes au caramel? C'est au tour de votre sœur d'être gâtée.

Sortant un vêtement du fond de son sac à ouvrage, elle exhiba une robe d'été coupée dans une jolie cotonnade fleurie, petites manches bouffantes et large ruban à la ceinture.

— Oh, ma tante!

Cette fois, ce furent deux larmes de joie qui glissèrent sur mes joues. Ma tante Laure était fière de son coup. Elle ébouriffa mes cheveux:

— Je savais que ça te ferait plaisir. N'est-ce pas, Juliette?

— C'est bien ce qu'on a pensé, moman et moi!

Toutes deux affichaient un air triomphant qui me réchauffa le cœur.

Juliette revint tous les jours, apportant son inébranlable gaieté, rayon de soleil bien décidé à percer mon mur de grisaille. Un jour, ma tante l'accompagna et m'examina de son fameux regard qui transperce.

— Tu as repris des couleurs, c'est bien. Tiens, c'est pour toi.

— Qu'est-ce que c'est? demanda mon père, qui venait d'entrer pour saluer sa sœur.

— Une lettre de Philomène pour Alice-Lauretta.

Je contemplai l'enveloppe blanche sur laquelle l'écriture de Philou avait tracé: *Alice.* Ma Philou que je délaissais encore, me limitant à des vœux au jour de l'An et à Pâques. Que c'était bête, la colère!

— Je peux prendre votre coupe-papier d'argent, moman?

— Bien sûr, ma fille.

Avec précaution, je retirai le feuillet de l'enveloppe:

Mon Alice chérie,

Les nouvelles que m'apprend Laure m'inquiètent. Il est temps que tu viennes me rendre visite, ma pitchounette. Je ne pourrai pas te serrer dans mes bras, c'est un bonheur auquel j'ai renoncé en entrant au service du Seigneur, mais nous pourrons nous voir et nous parler. Mon cœur sera tout près du tien. Viens, Alice. Il est temps.

Ta Philou, sœur Sainte-Blandine en religion

Je relus, bouleversée. Pour comprendre tout simplement à quel point elle m'avait manqué.

Ma mère aussi me réservait une surprise.

— Pour ma part, j'ai écrit à ma sœur Magué. Elle nous invite à passer la semaine chez elle. Ça te plairait, Lauretta ?

— Aller se promener en ville ? soufflai-je.

— Quelle excellente idée ! approuva Laure. Sauf que dans votre état, Marie... Vous êtes presque à terme. Je peux accompagner Alice chez Magué à Chicoutimi, si vous voulez.

— Vous êtes bien fine, seulement je veux pas laisser ma fille.

Elle rayonnait ! Sur mon visage, un faible sourire apparut. Au point que même ma mère en eut les larmes aux yeux.

— Bonté divine, Lauretta ! Ça fait longtemps que j'ai pas été contente de même !

— Dans ce cas, je vais garder les petits, proposa Laure. Aimé-Louis, Alphonse et Honoré, vous n'aurez qu'à venir manger chez nous.

— Dieu soit loué pour votre générosité. Comment vous remercier, Laure ?

— Ma récompense, ce sera de voir ma nièce tirée d'affaire.

— Puisque tout le monde se ligue contre moi…, avança mon père, comme s'il allait se faire arracher une dent.

— Honoré ! le gronda ma mère, dans un froncement de sourcils.

— J'espère que t'iras mieux, ma fille !

Malgré le ton bourru, c'était bien la première fois qu'une parole gentille sortait de sa bouche.

Chapitre 13

La belle vie

La *Jeannette* boucanait, crachant une fumée noire et puante. Petit Jésus que ça levait le cœur; autant que les vaches! Par contre, la chaloupe à gazoline qui effectuait désormais la traverse entre l'Anse-aux-Foins et Chicoutimi nous évitait de faire le grand détour par la route jusqu'à Sainte-Anne. De plus, la chaloupe nous débarquait au bout de la rue du Quai, là où accostaient les vapeurs. Il suffisait de remonter la rue pour se retrouver au cœur de la ville. Le capitaine Girard nous installa, ma mère et moi, dans l'étroite cabine, chacune notre baluchon sur les genoux, en lorgnant d'un œil méfiant le ventre arrondi de ma mère.

— Vous n'allez tout de même pas nous faire un petit à bord, madame Gagnon?

— J'en ai pas l'intention!

Le ton joyeux, avec un sourire qui en disait long, elle voulait savourer chaque seconde de ces vacances inespérées. Jusqu'au départ, elle nous avait rebattu les oreilles des beautés de sa ville natale, «sa paroisse» comme elle disait, au point qu'Aimé-Louis et Alphonse nous supplièrent de les emmener.

— Hors de question ! avait-elle riposté, à mon grand soulagement.

Le capitaine largua les amarres. Pour ma part, je n'arrivais toujours pas à y croire tant j'étais désorientée, seule avec ma mère, sans mes frères ni personne pour me harceler. Mon regard se perdit dans le sillon que formait la *Jeannette* qui traversait le Saguenay. À mesure que s'éloignait l'Anse-aux-Foins, l'étau qui m'enserrait le cœur se relâchait. Pas au point que je me sente légère comme une plume, oh non, simplement, je respirais mieux.

— Rien de tel qu'un petit voyage pour changer le mal de place, avait décrété Laure.

Dieu soit loué pour la générosité de ma tante qui s'occuperait de tout en notre absence !

— Ça fait bien un an que j'ai pas vu Magué, rappelait ma mère. Ma foi, depuis les foins.

Autre avantage d'une traverse régulière entre la ville et l'Anse : l'été dernier, ma tante Magué et sa fille, Cécile, nous avaient enfin rendu visite. Ma cousine n'avait pas aussitôt débarqué à l'Anse que j'étais tombée sous son charme. Elle portait une robe marinière bleu et blanc – « que j'ai cousue moi-même, chère » –, une grosse boucle dans ses cheveux châtains qui flottaient sur ses épaules et avait les pieds chaussés de délicates bottines.

— T'as donc l'air fin, Cécile !

— Il y a autre chose dans la vie que les poules et les vaches !

Nous nous étions bien adonnées. Elle s'était empressée de me montrer comment mettre mes modestes tenues au goût du jour.

— Nouer un ruban sur le devant de ta robe coûte rien, et ça fait plus distingué.

En échange, je lui avais enseigné des points de broderie.

— T'es drôlement bonne, Alice.

Cécile avait tout de suite compris, pour mon prénom.

— Alice, c'est chic ! Lauretta, ça fait campagne !

Les journées passées avec ma cousine n'avaient été que pur bonheur. J'avais hâte de la revoir. Dans la cabine de la *Jeannette*, je réalisai qu'il y avait vraiment longtemps que je n'avais pas eu… hâte à quelque chose. Et puis, je reverrais Philou.

En débarquant, ma mère contempla avec appréhension la pente abrupte de la rue du Quai. Elle soupira en soutenant son ventre proéminent.

— J'ai pas le choix. Si je me rappelle bien, les charretiers attendent le monde en haut, devant la cathédrale.

— Appuyez-vous sur moi, moman.

— Pas si vite, Lauretta !

La main sur mon épaule, la pauvre soufflait. Moi, j'étais impatiente de revoir la ville de mes rêves. Nous longeâmes la clôture blanche qui entourait les jardins du Château Saguenay, passâmes devant les arcades du Colozza, toujours aussi élégantes, et vîmes la cathédrale et son clocher gothique flanqué de ses deux tourelles.

— C'est tellement beau, moman !

— Bien plus que dans ma jeunesse, avec ces arbres et ces beaux trottoirs de bois. Dire que je me suis mariée ici !

— Vous êtes chanceuse !

— C'est ce que je croyais, à l'époque.

Nous traversions la rue Racine quand un bruit strident nous fit sursauter. Une automobile, son conducteur coiffé d'un drôle de casque et le visage dissimulé derrière de curieuses lunettes, nous coupa le passage en pétaradant.

— Une automobile ! J'en avais encore jamais vu, admira ma mère.

— C'est pas une raison pour nous faire peur de même, protestai-je, encore sous le choc du coup de klaxon.

Mais, c'était la ville et son agitation trépidante. Il me semblait que je reprenais vie. Mon regard se porta vers le monastère des Augustines, à côté de l'hôpital de la Marine.

— Allons tout de suite voir Philou !

— T'es pas sérieuse ! Pas question pour moi de monter là-haut. Franchement, la traversée m'a fatiguée. Nous allons directement chez Magué.

— Alors, demain ?

— Nous avons toute la semaine, Lauretta.

— Demain !

— On peut pas arriver au cloître sans s'annoncer. Penses-tu qu'on peut se faire mener jusqu'au quartier du Bassin par automobile ?

— Non ! Ça va vite sans bon sens, ces engins-là ! Dans votre état, il faut pas prendre de risque.

Je fis signe à un charretier.

— Tu prends du mieux, observa ma mère, riant sous cape.

Nous étions tombées sur le cocher le plus bavard de Chicoutimi.

— Vous savez que monsieur Dubuc a failli périr dans le naufrage du *Titanic* ?

— Même à l'Anse-aux-Foins, on a appris ça ! répliquai-je, pour qu'il ferme son clapet.

Quant à ma mère, elle ne se lassait pas de l'entendre vanter les merveilles de sa ville natale.

— Y'en a qui disent que Chicoutimi sera le plus grand centre de commerce du bois de pulpe de tout le continent. On va commercer avec New York et Boston, madame, rien de moins !

— T'entends ça, Lauretta ?

Le cocher-guide se rengorgea. À l'entendre, Chicoutimi deviendrait le centre du monde. Par chance, le cheval connaissait le chemin, sinon aussi bien se prendre une chambre à l'hôtel.

— Coudon ! On arrive-tu chez ma tante ?

Les Belley habitaient le quartier du Bassin, dans une des petites maisons de ce faubourg ouvrier situé à l'ouest de la ville, en contrebas de l'usine de pulpe. Toute neuve, une église en pierres grises se dressait au cœur du quartier, faisant fi des odeurs nauséabondes émanant de l'usine et du grondement des chutes de la rivière Chicoutimi, qui se déversaient avec fracas dans le bassin avant de rejoindre le Saguenay.

— Rien à voir avec la tranquillité de l'Anse-aux-Foins, s'excusa ma tante Magué comme si elle était responsable du bruit environnant. Venez, entrez donc !

Ô prodige, la maison de ma tante possédait l'électricité ! Elle s'empressa de nous en vanter les merveilles en montrant un curieux bouton fixé au mur.

— À la noirceur, il suffit de tourner le bouton pour avoir de la lumière.

Ma mère s'amusa à actionner l'interrupteur plusieurs fois, s'extasiant de voir la lumière jaillir de l'ampoule.

— J'en reviens pas !

— Fini, la suie des lampes à l'huile, fini de laver les globes de verre chaque jour. L'électricité, c'est tellement propre !

L'intérieur de sa maison en témoignait : aucune trace noirâtre ne venait ternir ni les murs lambrissés d'étroites lattes de bois peintes en blanc ni les moulures découpées d'une jolie teinte de vert pâle. Tout ici était ordonné et chaleureux : un mobilier confortable était disposé sur les larges et rondes carpettes tressées du salon et de la salle à manger. C'est ainsi que j'imaginais la maison du bonheur.

Cécile surgit, les yeux brillants d'excitation.

— Vous êtes enfin là ! Comment vas-tu, Alice ?

Elle me serra dans ses bras, une grosse bouffée de tendresse.

C'était arrivé soudainement.

— Je vais bien, bredouillai-je avant d'éclater en sanglots, laissant ma mère, ma tante et Cécile totalement désemparées.

À l'heure du dîner, j'étais remise de mes émotions et proposai à ma tante d'aider à mettre la table.

— Pas question ! Tu es en congé, ma petite fille.

Ma mère venait de s'approprier le fauteuil berçant de la cuisine.

— Laisse faire Lauretta ! Sinon, une fois revenue à la maison, elle fera des caprices.

— D'après ce que j'ai pu voir à l'Anse l'été passé, j'en doute ! murmura ma tante. Bon, c'est l'heure de manger.

— Ça tombe bien parce que j'ai faim.

Mon oncle Émery arriva ; il avait prolongé son heure de repas pour dîner en notre compagnie.

— Bienvenue, la belle-sœur, et toi aussi, Alice-Lauretta !

J'aidai ma mère à s'extirper de son siège confortable pour s'installer à la table, sur laquelle ma tante déposa un plat fumant : un ragoût de bœuf aux légumes.

— Cécile, c'est toi qui récites le bénédicité.

Une fois que nous eûmes remercié Dieu de ses bienfaits, ma tante nous souhaita joyeusement bon appétit.

— Vous trouverez sur la table du pain et du beurre frais qui sort de la glacière.

Elle montra fièrement du doigt l'étrange meuble en bois qui trônait dans un coin de la pièce.

— Eh bien ! l'envia ma mère en écarquillant les yeux. Encore une merveille de la ville.

Je piquai ma fourchette dans mon assiette. C'était délicieux. Pour une fois, je me sentais un appétit d'ogre. Si Philou ne m'avait pas appris les bonnes manières, j'aurais volontiers vidé le plat. Après le repas, ma mère lança un regard appuyé dans ma direction.

— Lauretta va aider à faire la vaisselle. Vu mon état, ça me gêne de pas pouvoir le faire. Tu comprends ça, Magué !

— Ma sœur, ça me fait plaisir de vous recevoir. Je répète, je ne veux pas voir Alice-Lauretta lever le petit doigt. D'ailleurs, Cécile l'emmène faire une promenade rue Racine.

Ma main dans la sienne, Cécile m'entraîna. Nous traversâmes tout le quartier du Bassin jusqu'à la rue Racine et une fois en haut de la côte, Cécile se planta devant la vitrine du grand magasin Carrier *À la mode*.

— Regarde comme c'est beau !

Les étalagistes avaient habillé un mannequin : jupe droite tombant au-dessus de la chaussure, redingote assortie sur un chemisier blanc dont le col s'ornait d'une… mince cravate.

— Très en vogue, la cravate pour dames.

— Du tissu rayé, mais des revers unis, c'est original.

— J'adore ce contraste ! s'enthousiasma ma cousine. Et cette large ceinture.

— Et ces gros boutons. J'adore les beaux boutons ! Nous parlons comme dans la page des "dames" du *Progrès du Saguenay*, m'esclaffai-je.

Cécile puisait ses connaissances dans les chroniques féminines des journaux.

— Je lis la page de Madeleine, dans *La Patrie*. Parce que plus tard, je serai couturière. Je veux créer mes propres modèles.

— Couturière ? J'ai jamais pensé à ça.

— C'est parce que tu viens de la campagne.

— Pas nécessaire de faire ta fière-pet !

Nullement choquée, Cécile se mit à rire. En fait, ma cousine n'était pas prétentieuse pour un sou.

— Moi, plus tard, je veux vivre en ville.

— Je t'aiderai, Alice.

Et sur cette promesse, nous reprîmes le chemin du retour.

Le soir, après le souper, ma mère revint à la charge :

— T'es trop bonne, Magué. Lauretta pourrait quand même balayer la cuisine…

Ma tante la fustigea du regard.

— Les filles, allez jouer dans la chambre de Cécile.

Jouer ? C'était quand, la dernière fois que j'avais eu le loisir de jouer ?

— Viens que je te montre mes dames, proposa ma cousine.

— Des dames ?

J'étais drôlement intriguée. Au moment où Cécile et moi allions franchir la porte, dans la cuisine, une vive discussion opposant nos deux mères éclata, et nous stoppâmes net.

— Ça me choque, Marie ! J'ai bien vu, l'été passé, comment tu traites ta fille ! Cette enfant porte la maisonnée sur ses épaules. Pas étonnant qu'elle soit malade ! Cécile m'aide à la maison, bien entendu, mais je ne la traite pas en servante.

— Lauretta est la plus vieille, c'est normal qu'elle m'aide.

— De grâce, Marie ! De la part de quelqu'un qui a été gâté comme toi, c'est malvenu. Sous prétexte que tu étais la plus jeune, nos parents te passaient tous tes caprices…

— Et toi, tu as toujours été jalouse parce que tu étais la plus âgée.

Le visage de ma mère s'assombrit.

— Tu oublies combien c'est dur de vivre sur une terre.

Ma tante Magué n'était pas disposée à plaindre ma mère.

— C'est toi qui as choisi d'épouser un gars de l'Anse-aux-Foins ! À dix-huit ans, tu ne rêvais que de mariage. Tu le voulais, le bel Honoré, avec sa terre et son bel argent pour la partir. T'avais oublié qu'il te faudrait aussi travailler.

Cécile et moi étions restées figées dans l'embrasure de la porte de la cuisine. Nous apercevant, ma tante s'arrêta net :

— Vous n'êtes pas censées être dans la chambre, vous deux ?

La conclusion des reproches de Magué se rendit quand même jusqu'à nos oreilles :

— Ton choix, Marie, tu n'arrêtes pas de le faire payer à ta fille.

Une fois dans la chambre de ma cousine, les troublantes paroles de ma tante résonnaient dans ma tête. Une servante ! C'est ce qu'elle avait dit…

— Cécile… Qu'est-ce qu'elle a voulu dire, ta mère ?

— Je sais pas, Alice. Elle trouve que tu travailles trop pour ton âge, je pense. Allez, viens, allons jouer avec mes dames.

Des poupées de carton ! Rangées avec leur garde-robe dans des boîtes de métal qui sentaient encore le chocolat. Ma cousine en avait toute une collection, avec des dizaines de vêtements et de chapeaux découpés dans des catalogues. Elles étaient aussi élégantes que ma tante Alicia sur sa photo. Cécile avait également bricolé une maison garnie de beaux meubles en bois vernis. Où trouvait-elle le temps de confectionner tout ça ?

— Il est temps de renouveler leur garde-robe, déclara ma cousine en brandissant de vieux catalogues de grands magasins comme P. T. Légaré et Dupuis.

L'incident d'après le souper fut oublié. Le temps fila, concentrée que j'étais à découper pour constituer une tenue dernier cri aux silhouettes de carton. C'était déjà l'heure de se mettre au lit. Je tombais de sommeil.

Le lendemain, un temps radieux illuminait la journée. Pour me faire plaisir, ma tante et Cécile proposèrent d'aller entendre la grand-messe à la cathédrale même si ce n'était pas leur paroisse. Ma mère devait nous accompagner, mais l'état de ses jambes la confina à la maison.

— C'est regrettable, nota ma tante, non sans ironie.

— La cathédrale sera encore là la prochaine fois, se résigna ma mère.

Mon oncle Émery nous y mena dans sa belle calèche. En pénétrant dans la vaste nef, j'eus le souffle coupé. Tout était grandiose, somptueux; la petite église de l'Anse-aux-Foins et son Sacré-Cœur paraissaient misérables à côté des balustrades de bois sombre, du maître-autel à baldaquin et des colonnes à cannelures de la cathédrale. Des tableaux étaient suspendus aux murs. L'un d'eux représentait un évêque muni de sa crosse, des soldats romains agenouillés devant lui. Un servant de messe en surplis mousseux observait la scène et moi, j'écarquillai les yeux.

— C'est saint Antoine de Milan et l'empereur romain Théodose, murmura ma tante.

— L'empereur, c'est celui qui porte la cape rouge, chuchota Cécile.

— C'est un véritable trésor, dit fièrement ma tante. Un Rubens!

Elle ajouta que c'était un grand peintre hollandais. Pour ma part, je n'avais jamais entendu parler de ce monde-là.

L'atmosphère de beauté invitait au recueillement. Je suivis la messe dans mon beau missel neuf.

Sur le chemin du retour, malgré que le repos fût de mise le jour du Seigneur, une ambiance festive s'était emparée de la rue Racine et ses marchands avaient orné leur devanture de guirlandes.

— C'est pour la procession de la Saint-Jean-Baptiste, demain, expliqua mon oncle.

— On pourra pas y aller, soupirai-je, vivement déçue. Nous allons visiter Philou.

Mis au courant, le père de Cécile trouva plus tard la solution.

— Je vous conduirai au monastère de bonne heure.

— C'est bien aimable de votre part, Émery, remercia ma mère après avoir avalé une bouchée.

Nous étions attablés devant un festin de poulet rôti et de patates pilées.

— Comme ça, on aura tout le temps de profiter de la journée, apprécia-t-elle avant de piquer à nouveau sa fourchette dans l'assiette.

— Et ce ciel sans nuage présage qu'il fera aussi beau qu'aujourd'hui, renchérit ma tante.

Après le repas, parfaitement détendue, ma mère bavardait sans se plaindre de ses jambes ou de son dos. Des bribes de conversation parvenaient jusque dans la chambre de Cécile où nous étions toutes les deux occupées par les poupées de carton.

— Je ne reconnais plus Chicoutimi, commentait-elle. Dans ma jeunesse, c'était juste un village, et là, c'est devenu une ville moderne.

— C'est à cause de la pulperie. Les ouvriers de l'usine sont les mieux payés de la province de Québec, la renseigna mon oncle.

Il était intarissable au sujet des exploits de son patron, allant jusqu'à prétendre qu'un million de dollars circulaient dans la ville, grâce à lui. Malgré tous mes efforts d'imagination, je ne pouvais imaginer ce que représentait autant d'argent.

— Et monsieur Dubuc est un Canadien français, un des nôtres ! précisa ma tante. Pas un Anglais comme les Price.

— Et ce n'est pas tout ! L'architecte Lemay a livré les plans d'un nouveau bâtiment qui s'ajoutera à ceux existants, nous apprit l'oncle Émery. Avec les forêts qui nous entourent, il y aura du travail pour des années.

— Qu'est-ce que tu dirais, Marie, de revenir vivre à Chicoutimi ?

— Votre mari trouverait certainement un travail à l'usine, s'empressa d'ajouter mon oncle. De même que vos garçons dès leur sortie de l'école. Les petites jobs ne manquent pas, même pour les flos. Une fois qu'ils sont adultes, on les prend comme ouvriers.

— La ville ! Sûr que j'aimerais ça. À part ça, on se verrait plus souvent… Reste à convaincre Honoré.

Les adultes avaient devisé ainsi tandis que Cécile et moi consacrions de longues minutes à choisir les tenues des poupées avec grand sérieux. Celle que ma cousine appelait Lisette devait se changer, car elle s'apprêtait à recevoir de la visite dans l'après-midi.

De la chambre, j'entendais les rires de ma mère. Ma mère qui souhaitait venir habiter en ville… Mon âme devint légère comme un gros nuage moelleux qui flottait dans le ciel. Que la vie était belle à Chicoutimi !

Chapitre 14

Un tas de cendres

Ma Philou !

Ma mère m'avait prévenue ; pourtant, ce fut un choc !

C'était bien son cher visage sous la cornette et les voiles, ses yeux doux qui m'avaient tant manqué. Moi qui rêvais depuis si longtemps de me serrer fort contre elle et de respirer sa bonne odeur, je dus me contenter de passer mes doigts à travers un grillage de bois pour toucher les siens. Pire, elle n'était pas seule : une sœur auditrice l'accompagnait. Elle demeurait en retrait, fantôme silencieux qui épiait notre conversation sans broncher.

— Enfin, je suis heureuse. Je te vois, mon Alice !

Philou chuchotait désormais, comme toutes les religieuses de son monastère.

— Tu as une bien jolie robe. Tourne-toi. Elle te va très bien.

— C'est un cadeau de ma tante Laure et de Juliette.

— Laure… elle sait toujours ce qu'il faut faire. Et que tiens-tu là ?

— La gravure que j'ai reçue en souvenir de ma première communion.

Elle prit son temps pour examiner l'image à travers la grille : une nef d'église où défilaient des communiants avec, en médaillon, les photographies du curé et de l'évêque, le tout enjolivé de camaïeux.

— C'est un précieux souvenir. Et ton école ?

— Comme j'avais de bonnes notes, mademoiselle Desbiens m'a fait passer mon année.

La glace était rompue. Je commençai à lui parler de ma cousine Cécile et des poupées de carton. Elle sourit.

— Qui sait si le Seigneur ne te réserve pas d'autres bienfaits ?

Une question me taraudait.

— Philou, tu t'ennuies pas, enfermée ici ?

— Certes, vous me manquez tous beaucoup, surtout toi, Alice. Par contre, mes tâches quotidiennes me tiennent occupée, sans oublier les heures consacrées à la prière. C'est la vie que j'ai choisie, elle me plaît. Toi aussi, un jour, tu trouveras ton bonheur.

À son tour, ma mère livra les dernières nouvelles de l'Anse et rassura sœur Sainte-Blandine sur la santé de mes grands-parents. Pendant que nous bavardions, tout à coup et de partout surgirent d'effroyables cris :

— Au feu ! Au feu !

En effet, une odeur de fumée, à peine perceptible quelques secondes plus tôt, allait en s'accentuant et envahissait peu à peu le parloir.

— Doux Jésus ! Que se passe-t-il ? demanda Philou à sa compagne.

Une autre religieuse vint nous rejoindre, la panique peinte sur son visage.

— Mère supérieure !

L'odeur de fumée s'intensifiait toujours. Provenant du dehors, des bruits de sirène et des cris perçaient les murs épais du monastère et parvenaient jusqu'à nous.

— Sainte-Bénite ! s'énerva ma mère, épouvantée. Un incendie !

— C'est ce dont je venais vous informer, mes sœurs, nous apprit la supérieure. Le feu aurait pris dans les cuisines du Château Saguenay.

— Nous devons partir ! s'affola ma mère. Et mon beau-frère qui doit revenir nous chercher. Ma sœur va s'inquiéter.

— Impossible, madame Gagnon ! Un nuage de fumée obscurcit les environs, on ne voit plus rien, poursuivit la supérieure. Les prêtres du séminaire sont venus nous avertir que le feu risque de se répandre partout au centre-ville. Heureusement, ni le monastère ni l'hôpital ne sont menacés pour l'instant. Du moins, tant que le vent soufflera dans la même direction. D'ailleurs, les religieux du séminaire rassemblent leurs biens les plus précieux pour venir les mettre à l'abri chez nous.

— Que font donc les pompiers ? s'inquiéta l'autre religieuse, rompant la loi du silence devant cette situation inhabituelle.

— D'après ce qu'on m'a rapporté, des tuyaux d'arrosage ont été branchés aux bornes-fontaines entourant l'hôtel, mais la pression était insuffisante, l'eau retombait avant même d'atteindre le brasier. L'aqueduc aurait explosé.

— C'est la catastrophe ! paniqua Philou. Et mes parentes ? Que vont-elles devenir ?

La supérieure semblait loin d'être ravie de nous avoir sur les bras.

— Vu les circonstances exceptionnelles, sœur Sainte-Blandine, vous allez faire entrer madame et sa fille à l'intérieur du monastère. Soyez sans crainte, ajouta-t-elle à notre intention, vous serez à l'abri. Et vous pourrez prier.

Loin d'être rassurée, ma mère était terrifiée. Soudain, elle se plia en deux comme sous l'effet d'une violente secousse.

— Marie ! s'inquiéta Philou.

— Mes eaux ont rompu, hoqueta ma mère.

— Doux Jésus !

Elle gémissait. La supérieure eut un soupir excédé.

— Sœur Sainte-Blandine, accompagnez votre belle-sœur jusqu'à l'hôpital. Vous lui trouverez un lit. Je vais voir si je peux vous envoyer de l'aide pour l'accouchement. Quant à cette jeune fille, je ne sais trop quoi en faire.

— Je vais avec ma mère.

— Elle pourra m'aider, déclara Philou. Vous l'avez dit, sœur Saint-Vincent-de-Paul, nous arriverons à nous débrouiller.

— Grand bien vous fasse. Si je trouve un médecin, je vous l'envoie.

Nous empruntâmes un long passage couvert qui menait du monastère à l'hôpital. Là aussi, c'était le grand branle-bas. Personne ne se préoccupa de nous. Nous soutenions ma pauvre mère qui marchait difficilement, prenant de nombreuses pauses lorsque lui venait une douleur.

— Ça s'appelle une contraction, m'expliqua Philou, que j'assistais, une fois dans la chambre.

Elle m'avait affublée de vêtements appropriés pour l'aider. Un tablier blanc trop grand pour moi et… un masque, qu'elle m'obligea à porter :

— C'est important, pour ne pas transmettre de microbes au petit enfant qui arrive.

Nous tenions la fenêtre fermée malgré la chaleur intense qui régnait dans la pièce. Du dehors nous parvenait quand même une clameur étrange où se mêlaient des grondements, des sons stridents de sirènes, des détonations et encore des cris. Un terrible brasier consumait la ville. Nous ignorions son ampleur, car personne ne venait nous renseigner. Pendant que dehors régnait le chaos, ma pauvre mère souffrait le martyre. À l'entendre se lamenter, des larmes me piquaient les yeux. Par contre, Philou priait tout en conservant un calme remarquable. Je fis de même pour ne pas perdre courage.

— Va-t-elle mourir ?

— Bien sûr que non, ma pitchounette ! L'accouchement se déroule parfaitement bien. C'est impressionnant, je sais. Tu comprends maintenant pourquoi on éloigne les jeunes enfants ?

Elle se tourna vers ma mère :

— Marie, l'enfant sera bientôt là.

Ma petite sœur naquit dans la soirée. Philou, de ses gestes aussi tendres que précis, l'emmaillota. Elle s'émouvait du petit paquet aux cheveux noirs qu'elle venait de déposer avec précaution dans les bras de ma mère.

— Une fille ! Tu te rends compte, Lauretta !

— Bien vigoureuse pour une prématurée. Une petite Gagnon qui ne demande qu'à vivre. Comment allez-vous l'appeler, Marie ?

— Antoinette.

— Ça me plaît. Qu'en dis-tu, Alice ? Veux-tu prendre ta petite sœur dans tes bras ?

Elle affichait un tel air de ravissement, mais moi, grognonne, je n'arrivais pas à me réjouir et refusai de tenir le nourrisson. Cette chose, une petite sœur ? Si petite qu'elle ne pourrait même pas jouer aux poupées de carton avec moi… Elle ne représentait rien de plus qu'une liste de tâches encore plus longues.

Par miracle, Philou resta auprès de nous toute la nuit, ordre de la mère supérieure. Dehors, l'agitation s'était calmée, quoique nous fussions trop épuisées toutes les trois pour nous informer des dernières nouvelles. Je m'endormis tout habillée, blottie contre Philou, sans que m'incommode le rude tissu de sa robe de sœur qui m'irritait pourtant les joues. À peine si je me rendis compte qu'elle se leva plusieurs fois pendant la nuit pour aider ma mère avec le bébé.

À mon réveil, par contre, je m'empressai d'aller à la fenêtre. Dehors, le spectacle était consternant. Le Château Saguenay, la cathédrale, les arcades du Colozza, les belles demeures qui bordaient la rue du Couvent, les magasins de la rue Racine… le cœur de la ville de mes rêves n'était plus que ruines fumantes et monceaux de cendres.

Chapitre 15

Passe ton chemin, Théo Tremblay !

— Aimé-Louis, Alphonse, debout !

Chaque matin, il fallait secouer mes frères comme des vieux sacs de farine pour les faire sortir du lit.

— Aimé-Louis, Alphonse !

Que les habituels grognements en guise de réponse ! Pour ce matin, j'avais mon plan. Ma petite sœur sur les talons, j'attrapai à deux mains un seau d'eau froide dont je balançai le contenu sur mes frères. En plein été, ça ne porterait pas à conséquence.

— Tu vois, Antoinette, c'est comme ça qu'il faut traiter les paresseux.

Alphonse bondit. La tête qu'il faisait ! Nous éclatâmes de rire et Antoinette battit des mains à notre exploit.

— Hé ! T'es folle !

Alphonse rageait en s'épongeant avec le drap.

— Christ ! Tu me paieras ça ! siffla-t-il en me serrant fortement le bras.

— Hé ! Lâche-moi ! Puis arrête de blasphémer ! Tu ne me fais pas peur, tu sauras !

Celui-là, depuis qu'un duvet foncé ornait sa lèvre supérieure, il se croyait tout permis.

— Pourtant, vous étiez avertis. Je ne fais plus le train à votre place.

— C'est pas de notre faute si on dort dur, riposta mollement Aimé-Louis, qui n'avait pas bougé du lit.

— Sauf les jours où Théo t'emmène à la chasse !

— Demande à Albert.

— Il est déjà au poulailler.

— Debout, les paresseux ! répétait Antoinette en sautillant sur le lit.

J'attrapai la menotte potelée de ma sœur.

— Viens, ma pitchounette, c'est l'heure de déjeuner.

La petite s'échappa pour se précipiter sur Aimé-Louis, qui entreprit de la bécoter et de la chatouiller. Je soupirai. Cette enfant n'en faisait qu'à sa tête.

Ma petite sœur… elle venait d'avoir six ans, et l'adorable enfant nous menait tous par le bout du nez. Même notre père fondait littéralement quand elle le dévisageait de ses grands yeux candides. C'était peut-être à cause de ses yeux clairs, justement, la seule chez nous à avoir hérité d'un si joli bleu. Antoinette, ma sœur, petite fleur au milieu du désert. Que serais-je devenue ces dernières années, si elle n'avait pas existé ?

À dix-sept ans, mon avenir se résumait à la maison. Je n'avais qu'un rêve : partir en ville, m'évader de cette prison qu'était ma famille, fuir à jamais le rang Saint-Louis.

En plus de la cuisine et du ménage, c'est moi qui élevais mes six frères et ma petite sœur. Ma mère excusait toujours les bêtises des garçons, quand elle n'en riait pas avec eux tout en cajolant le petit dernier, Alcide.

J'étais donc celle qui disait « non ! », mais à mesure que mes frères grandissaient, mon pouvoir diminuait. Aimé-Louis, le premier à avoir échappé à mon emprise, aurait bientôt seize ans. Lâche devant les travaux de la ferme, il se passionnait pour la chasse et la pêche. Nous lui devions les soupers de truites de lac et les lièvres à ajouter à la tourtière. Sournois et magouilleur qu'il était à quatorze ans, je me méfiais d'Alphonse qui buvait et fumait comme un homme, toujours à la recherche d'une combine payante. Il avait offert à Aimé-Louis d'écouler les produits de sa chasse, qu'il vendait à la marchande générale, madame Maltais, prélevant une petite commission sur les profits. Alphonse ne semblait jamais à court de cigarettes. Je le soupçonnais de profiter de la naïveté d'Aimé-Louis. Adélard, dix ans, et Alban, huit ans, fréquentaient l'école du rang ; le reste du temps, préoccupés par leurs jeux, ils s'imaginaient dispensés de corvée. C'était à moi de leur rappeler leurs tâches : remplir de bois l'appentis et nettoyer le poulailler. Je ne pouvais compter que sur Albert, serviable, si sérieux pour ses douze ans, que j'avais encouragé à poursuivre son cours primaire à l'école modèle, au village. Je l'enviais férocement, mais j'étais fière de lui.

Certains jours, il m'arrivait encore d'aller rêver sur le quai, comme je le faisais autrefois avec Philou. Il m'arrivait aussi de passer une journée avec elle à Chicoutimi. Mes parents contestaient rarement mes décisions, c'était comme un pacte tacite entre nous. Car le fait d'être devenue indispensable et de diriger officieusement la famille offrait au moins cette apparente liberté. Je n'en demeurais pas moins prisonnière du rang Saint-Louis. D'autant que ma mère attendait du nouveau dans quelques semaines. Les portes de ma prison se refermaient un peu plus chaque jour. J'ignorais encore comment je m'en sortirais, mais je songeais sans cesse à partir pour la ville.

Dans la cuisine d'été, assise plutôt que debout, ma mère épluchait les légumes pour le prochain repas. Avec les chaleurs, son gros ventre l'épuisait, la pauvre. J'enfournai des tartes aux framboises avant de la prendre en pitié en lui retirant le petit couteau des mains :

— Laissez faire ça, moman, allez donc vous asseoir dehors. Je vais mettre la table.

Je ne pouvais m'empêcher de la plaindre, en la voyant souffrir de mille maux : après les nausées matinales, il y avait eu la chaleur et les habituelles jambes enflées. La fatigue de ma mère semblait éternelle.

— Où est passée Antoinette ?

— Je l'ai vue suivre Albert.

— La p'tite bonjour, elle est encore au poulailler !

Sans prendre le temps d'ôter mon tablier, je me précipitai dans la cour.

— Antoinette ? Antoinette, où es-tu ?

Je poussai la porte du modeste bâtiment gris. Après la lumière de juillet, mes yeux prirent quelques secondes avant de s'habituer à l'obscurité. Un ruban gisait sur le sol au milieu de la paille souillée, celui que j'avais noué dans les cheveux d'Antoinette ce matin. Elle s'était installée au milieu des volatiles, indifférente à mes appels, trop occupée à caresser une des poules blanches qui se laissait faire sans protester. Ma petite sœur avait le tour avec les animaux ; elle arrivait même à se faire aimer des oies !

— Regarde, Lauretta, Cocotte vient de pondre un œuf.

— Lâche cette poule ! Elle est pleine de microbes ! Rentre à la maison immédiatement, sinon je vais me fâcher. Et ta belle robe, toute crottée !

— C'est pas grave, Lauretta. Je vais t'aider à la laver.

Si mes plus jeunes frères me craignaient, impossible de me faire obéir d'Antoinette. En même temps, comment en vouloir à un rayon de soleil ? Sa bonne humeur était contagieuse.

En sortant du poulailler, le panier contenant les œufs dans une main et la petite dans l'autre, je croisai Albert qui venait de la grange. Fort pour son âge, mon frère préféré promettait d'être le plus grand et le plus costaud de tous.

— Cocotte a pondu, expliqua la petite avec sérieux à Albert, qui la jucha sur ses épaules.

Ce qui me permit de constater que la coquine était encore nus pieds.

— Antoinette, les demoiselles ont les pieds propres et portent des chaussettes et des souliers.

— J'aime pas ça, les souliers ! protesta la princesse souillon.

— Cesse donc de disputer, Alice-Lauretta, m'exhorta Albert. Nous avons tous passé nos étés sans souliers et malgré tes funestes avertissements, nous sommes tous en bonne santé.

Je lançai sur Albert un regard noir pour m'avoir contredite devant la petite.

— N'empêche, se promener nus pieds, c'est des plans pour attraper la mort !

Après un instant de silence, changeant de ton, je repris :

— Antoinette dit qu'une des chanteclercs a pondu.

— Celles que l'oncle Armand a rapportées de Montréal au printemps ?

Cette nouvelle race de poules était la mieux adaptée au climat, avait prétendu le vendeur en promettant un bon rendement. Espérons-le, au prix qu'elles avaient coûté !

— Albert, supplia la petite du haut de son perchoir, je veux apprendre à traire les vaches.

— Pas question ! Il y a assez de garçons ici pour s'en occuper ! m'y opposai-je.

Soudain, des cris et des rires accompagnés d'un bruit infernal retentirent de derrière la grange.

— Bon, qu'est-ce qui se passe encore ?

Munis de baguettes, Adélard et Alban s'amusaient à courir après notre cochon dans le but évident de le rendre fou furieux. Ils avaient attaché des boîtes de conserve vides aux oreilles et à la queue de la pauvre bête épouvantée. Appuyé sur le mur de la grange, Alphonse affichait un petit air narquois. C'était lui, évidemment, l'instigateur de ce mauvais tour.

Déjà, Albert s'était jeté dans la mêlée avec l'espoir d'attraper le cochon.

— Va chercher popa, ordonnai-je à Antoinette avant de m'élancer à mon tour, tentant de faire une barrière de mon corps contre la grosse bête.

En vain ; c'était mission impossible.

Je me contentai d'attraper Adélard et Alban pour les obliger à me donner leurs baguettes et à aider Albert. Mon père arriva enfin sur les lieux du forfait.

— Tout ce qu'on te demande, c'est de les surveiller ! me reprocha-t-il dans son habituelle mauvaise foi.

Ce n'était guère le temps de protester, surtout qu'il commençait à amadouer le cochon. Mes frères riaient de leur bon coup, leurs vêtements maculés de boue. Je les obligeai à se déshabiller sur la galerie.

— Vous allez frotter votre linge ! Et vous êtes privés de dessert pour la semaine ! Toi aussi, Alphonse !

— Qu'est-ce que tu veux que ça me fasse ? grogna-t-il.

Albert me donna un léger coup de coude. Le boghei de pépère Alfred entrait dans la cour. Alphonse voulut en profiter pour se sauver. Il était peut-être de ma taille et plus fort que moi, mais je l'attrapai quand même par l'oreille :

— Tu ne t'en tireras pas comme ça.

Mon grand-père contempla les paillasses et les draps mis à sécher au soleil, puis mon père, qui avait réussi à calmer le cochon et à le faire entrer dans son enclos.

— Je parie ma casquette que lui aussi est venu semer le trouble, murmura Albert.

Comme de fait, quelques minutes plus tard, au milieu de la cuisine, mon grand-père se livrait à son sport favori : humilier mon père. Quand il faisait ça, je le détestais : trop de souvenirs malheureux ressurgissaient.

— Honoré, qu'est-ce que tu brettes ? Au lieu de courir après le cochon, tu devrais t'occuper de ton foin qui pourrit dans le champ pendant que tout le monde profite des commandes de l'armée.

Nous étions en 1918 et depuis quatre ans, une guerre dont les gazettes parlaient continuellement ravageait l'Europe. Les régiments canadiens étaient mis à contribution, tout comme les agriculteurs qui vendaient leurs récoltes pour nourrir les hommes et les chevaux. Alfred n'avait pas tort : les foins étaient en retard, comme l'année dernière. Je m'en étais mêlée alors, sollicitant l'aide de mon oncle Armand. Mon père avait retenu la méthode :

— Ben, j'attends qu'Armand me fasse signe pour commencer, se justifia-t-il à mon grand-père qui arpentait la cuisine à la manière d'un général d'armée distribuant ses ordres.

— Pourquoi attendre Armand ? Avec ta trâlée de garçons, tu n'as pas besoin de lui.

— C'est pour nous dire tout ça que vous venez nous déranger en plein milieu de la journée ? se récria ma mère.

— Et à quelle heure faut-il venir, ma bru, pour vous faire comprendre que vous courez à la ruine ? rétorqua l'aïeul de ce ton détestable qu'il prenait pour s'adresser à ma mère. Si tu n'avais pas élevé tes garçons dans du coton, Marie, vous n'en seriez pas là !

Alfred ne s'était sûrement pas déplacé uniquement pour nous rappeler qu'il était temps de faire les foins. J'étais curieuse d'apprendre le véritable motif de sa visite. Et lui faisait durer l'attente, s'assoyant dans l'une des berceuses, prenant bien son temps pour bourrer sa pipe.

— Honoré, tu vas semer des patates, lui annonça-t-il. Ça ne coûtera pas cher, puis ça va rapporter.

— Des patates ? C'est trop dur. Faut sans cesse sarcler, replanter, un travail de forçat ! Tandis que l'avoine et le foin, une fois semés, ça lève tout seul, rétorqua mon père.

— Sauf que le gouvernement fournit gratuitement les semences de pommes de terre. L'armée en réclame pour nourrir les troupes. J'ai décidé, on se lance dans la patate.

— Jamais de la vie ! criai-je malgré moi.

— Toi, Alice, mêle-toi de tes affaires ! me somma mon grand-père.

— Pensez-vous ? Ne comptez pas sur moi pour arracher vos patates dans le champ ! contestai-je, nullement intimidée.

Pépère me défia du regard avant de ricaner en direction de mon père.

— Honoré ! Tu vois qui mène dans ta cabane ? En attendant de régler tes affaires de famille, ouvre bien tes oreilles :

j'ai payé tes dettes l'année dernière pour empêcher qu'on saisisse la terre, mais je ne les payerai pas une deuxième fois. Je ne peux pas donner tort à ta fille : sans elle, la ferme s'écroulerait. Encore une fois, t'as juste à envoyer tes bons à rien au champ !

Sur ces paroles, il se leva brusquement et partit sans demander son reste. La chaise vide se berçait encore quand j'apostrophai mon père :

— N'empêche qu'il a raison. Les foins attendent, et il faut que je m'en mêle pour que ça se fasse. C'est la dernière fois, ça, je le jure ! Quand vous m'avez obligée à laisser l'école, c'était pour aider moman, pas pour faire les jobs de mes frères.

— Tu vas pas encore revenir là-dessus ? pinailla ma mère. Après le grand-père, j'en ai assez entendu pour aujourd'hui.

— Peut-être, sauf que moi, en plus de mon ouvrage, faut que je fasse celui des autres.

— Pour qui tu te prends, Lauretta Gagnon ? tempêta mon père.

— Pour celle qui fait marcher la mosus de ferme, figurez-vous. Là, faut rentrer le foin.

Je fustigeai mes frères avant d'attraper mon chapeau de paille :

— Vous autres, je vous conseille de vous coucher de bonne heure parce que demain, je veux tout le monde au champ. Viens, Albert. On va chercher de la main-d'œuvre supplémentaire.

La porte-moustiquaire claqua derrière nous.

— J'en ai assez !

Imperturbable, Albert demanda :

— Où allons-nous ?

— Chez les Tremblay, appeler Théo à la rescousse.

Le lendemain matin, mon père, Aimé-Louis, Alphonse et Albert étaient tous à manier la faux pendant qu'Adélard et Alban étaient au rapaillage. Mon oncle Armand avait promis qu'il viendrait nous rejoindre. En attendant, Théo fauchait plus que sa part. Ce n'était pas la première fois qu'il venait nous sortir du pétrin. Il fallait être honnête : Théo se fendait en quatre pour me rendre service. Aimé-Louis en profitait même pour se moquer de lui :

— Ma sœur te mène par le bout du nez !

— Tu te trompes. C'est parce que j'ai pitié de vous autres, se défendait Théo.

Il riait, muscles tendus sous la chemise ; son regard bleu pétillait.

— Laisse braire ce jaloux, Théo. Qui manque son tour de montrer le bon exemple ? Si je ne pouvais pas compter sur toi et Albert, je serais bien mal prise !

Mon jeune frère y allait presque aussi fort qu'un homme. S'il continuait à ce rythme, il risquait le tour de rein.

— Fais attention, Albert. C'est dur pour ton âge. Viens plutôt m'aider au fanage.

— Une job de femme, pas question !

En matière d'orgueil, Albert donnait le change à pépère Alfred.

— Penses-tu que les femmes qui chargent un voyage de foin se demandent si c'est une job d'homme ? Y a pas de sot métier, tu sauras. L'important, c'est que le travail se fasse, dis-je.

— Ta sœur a raison, Albert. Tu vas t'épuiser, tu ne seras pas plus avancé.

Finalement, c'est Théo qui vint m'aider.

— Maudit que t'es dure avec tes frères, Alice !

— Ah, oui ? Qui a fait des sacrifices pour élever cette bande d'ingrats ? Je ne suis pas dure avec Albert.

Il s'était arrêté pour s'éponger le front, appuyé sur le râteau. Nous avions le même âge, Théo et moi. À ses côtés, mince et petite, j'étais minuscule, un vrai chicot, alors que lui avait une carrure d'homme, acquise sur les chantiers où il se rendait depuis trois hivers déjà ; il faisait plus vieux que son âge. Contrairement à mes frères, il avait du cœur au ventre et depuis qu'il avait laissé l'école, il faisait plus que le nécessaire pour aider son père, qui lui devait d'ailleurs la nouvelle galerie qui entourait leur maison, solide et aussi belle que celle que venait de construire mon oncle Armand.

Profitant de la pause, je retirai mon chapeau de paille afin de m'ébrouer un brin.

— D'avoir laissé l'école, ça m'est resté sur le cœur comme tu n'as pas idée. Je rêvais d'aller le plus loin possible dans les études. De devenir maîtresse d'école comme mademoiselle Desbiens, dans le temps. Tu te rappelles ? Elle avait droit à la considération de tous. Elle a dû abandonner sa classe lorsqu'elle s'est mariée. J'ai toujours pensé que c'était terriblement injuste. À sa place, je ne me serais jamais mariée.

— Une maîtresse d'école, ça gagne peu, fit remarquer Théo.

— Peut-être, mais au moins, elle ne doit rien à personne. C'est ce que je veux ! Pour ça, je regarde toujours en avant.

En parlant, j'entrepris de redresser mon chignon défait et de replacer les mèches humides qui me collaient au front et au cou.

— Et qu'est-ce que tu vois, en avant ? me demanda-t-il.

Pendant que je replaçais mon chapeau, Théo me dévisageait ; une lueur inconnue illuminait son regard bleu.

Soudain, je n'eus pas envie d'entendre ce qu'il allait peut-être me confier. Je détournai le regard pour apercevoir la petite silhouette d'Antoinette qui gambadait au milieu du champ. Que faisait-elle ici? J'avais pourtant insisté pour qu'elle reste à la maison!

— Lauretta! Regarde comme je cours vite! criait-elle.

— Elle voulait tellement venir, s'excusa mon père qui l'avait ramenée en allant chercher une charrette supplémentaire chez mon oncle Armand.

— Vous lui passez tous ses caprices.

— Je vois pas de quoi tu parles, Lauretta. Même toi, Antoinette te ferait marcher sur la tête.

Tout le monde se mit à rire, même Théo. Surtout Théo…

Je contemplai la partie du champ qui venait d'être fauchée.

— Je rentre, décidai-je soudainement. Moman doit avoir besoin de moi. D'ailleurs, mon dos clame que je ne suis plus bonne à rien pour vous aider à charger. Antoinette, tu viens avec moi.

— Non!

— Et moi, j'ai dit que tu rentres. Tu es venue, tu es contente, mais là, il est tard.

Ma voix était ferme et Antoinette comprit que mieux valait obéir. Sauf qu'une fois sur le chemin, elle se mit à courir jusqu'à la maison. Je la laissai aller, aux prises avec un sentiment confus… la vague impression de l'avoir échappé belle.

Le lendemain, le travail avançait. Je m'étais changée en revenant du champ, troquant ma vieille blouse et ma jupe usée pour une de mes deux robes d'été, la plus jolie, la bleu foncé à pois blancs. Comme de coutume, j'avais invité notre serviable voisin, qui ne voulut toutefois pas rester souper.

Après le repas, une fois la vaisselle rangée, le soleil descendait lentement à l'horizon. Je décidai de remonter le rang jusqu'à la demeure des Tremblay, dont la terre touchait celle de ma tante Laure et de mon oncle Rosaire.

— Tu nous as rendu un fier service, Théo, je tenais à te remercier. C'est important, la reconnaissance.

Il faisait doux. Une de ces belles soirées d'été, à l'heure où la brise retombait après vous avoir caressé la peau. Théo me dévisageait encore avec cet air étrange, le même qui m'avait fait tressaillir, la veille.

— Je ferai toujours mon possible pour t'aider. Et ça, personne ne le sait mieux que toi.

Le silence s'installa.

— C'est bientôt la brunante, remarqua-t-il au bout de quelques instants. Si tu veux, je vais te raccompagner.

Ce fut plus fort que moi. Je ne pus m'empêcher d'être taquine et un brin narquoise :

— Passe ton chemin, Théo Tremblay !

Puis je m'enfuis en soulevant mes jupes, riant jusqu'à la barrière. Quand je me retournai, il était toujours là, bras croisés et souriant, ne cherchant pas à me rejoindre.

Chapitre 16

Les soldats de septembre

Le mois de septembre et ses réminiscences de rentrée scolaire me rendaient toujours nostalgique. J'enviais l'insouciance des enfants qui marchaient vers l'école de rang et remplissaient l'air de leurs cris joyeux. Et moi, ma jeunesse s'échappait entre mes mains crevassées par les lessives répétées. Aujourd'hui enfin, le soleil se faisait invitant, mon humeur morose s'évanouit.

L'Anse-aux-Foins s'était embellie depuis mon enfance. Le rang Saint-Louis s'ornait maintenant de maisons plus coquettes, preuve que les récoltes abondantes des dernières années avaient enrichi les cultivateurs. Plus de semences engendraient des moissons prolifiques, sans oublier le cheptel de vaches laitières qui s'agrandissait. Les laiteries avaient augmenté leur production de beurre et de fromage, qu'elles écoulaient facilement et à un prix avantageux au marché de Chicoutimi.

Au village, notre plus grande fierté était notre église en briques rouges et son maître-autel sculpté par un artiste réputé. L'œuvre d'art et sa belle croix en bois me tiraient des larmes chaque fois que je m'agenouillais devant, tellement c'était beau ! L'école modèle, entièrement reconstruite de la même brique, était placée sous la protection du Sacré-Cœur, ce dont témoignait la statue sur le terrain de la façade. L'année de sa bénédiction par monsieur le curé, j'avais fait partie des Enfants de Marie et nous avions organisé une petite séance théâtrale à laquelle même le curé de Sainte-Anne et le directeur du séminaire de Chicoutimi avaient assisté. Un de mes plus beaux souvenirs…

La ville, qui voyait sa population augmenter, profitait des bienfaits de la Compagnie de pulpe de Chicoutimi et cette manne se propageait jusque chez nous. L'été, les hommes étaient nombreux à charger les ballots de pulpe sur les grands bateaux, au remous. Une job bien payée, quoique dangereuse. Une année, un jeune homme s'était noyé ; tout le monde en avait parlé des semaines durant. J'en avais même fait des cauchemars ; le noyé avait les traits d'Albert.

Pourtant, la prospérité refusait de franchir le seuil de la maison de mon père, qui ne pouvait compter sur l'aide de ses fils turbulents, si bien que la ferme en souffrait. Planter des pommes de terre pour s'en sortir comme le suggérait pépère était peut-être une solution. Je repoussais néanmoins farouchement cette idée, persuadée qu'une part de ce labeur supplémentaire me serait dévolue. Aimé-Louis avait été approché par un jobbeur, un donneur d'ouvrage mandaté par des chantiers de bûcherons. Mon frère parlait de partir cet hiver. De l'argent supplémentaire à la maison qui serait le bienvenu, puisque hier, ma mère avait accouché d'un autre petit frère. Ma vie n'était qu'un long intermède monotone entre les naissances des enfants de ma mère.

Ces pensées tournoyaient dans ma tête quand le cheval s'arrêta devant le magasin général. Je resserrai mon châle de laine sur mes épaules ; le temps était frais à cette heure matinale.

— Je ne m'attendais pas à te voir à matin, avec ta mère qui vient d'accoucher.

— Rassurez-vous, ma grand-mère est chez nous. Parfois, madame Maltais, j'ai l'impression que vous savez les nouvelles avant le principal intéressé. Mon nouveau petit frère est à peine baptisé de ce matin !

Loin d'être vexée par ma remarque, la marchande se mit à rire, faisant s'agiter le chignon pointu perché sur son crâne. Elle devait avoir une quarantaine d'années, la poitrine opulente compressée dans une éternelle robe grise. Derrière son comptoir, elle tenait également le bureau de poste : observatoire idéal pour une commère.

— J'ai besoin de carrés de levain Fleischmann, de poudre à pâte, de vingt livres de sucre et d'un paquet de tabac à pipe.

— Ça fera cinquante-cinq cents. Comptant, n'est-ce pas ?

— Vous savez ce que je pense du crédit, madame Maltais.

C'est moi qui effectuais les achats au magasin. Je surveillais les dépenses familiales afin que chaque sou qui sortît de la boîte de métal de l'armoire fût dépensé judicieusement. Plus de dettes au magasin général. Denrées, semences, objets d'utilité… je payais tout comptant. La marchande avait couru après son argent le jour où elle avait passé outre mes instructions – mon père avait fumé tout son tabac et fait « marquer ». C'était comme ça que j'avais réussi à dompter mon monde.

— Je pose la question par habitude, tu sais bien, Lauretta, soupira-t-elle en laissant sous-entendre que j'étais un oiseau rare.

La clochette du magasin tinta. À mon étonnement, Alphonse entra et déposa deux lièvres sur le comptoir.

— Qu'est-ce que tu viens faire ici ?

— Acheter des cigarettes.

Mon frère avait encore grandi, dépassant Aimé-Louis malgré leurs deux années de différence. Il roulait des épaules dans une démarche qui se voulait virile, mais qui restait à mes yeux parfaitement ridicule.

— Vous n'allez pas remplir sa flasque du mauvais bourbon que vous cachez sous le comptoir, n'est-ce pas, madame Maltais ?

Celle-ci accommodait régulièrement mon enjôleur de frère qui lorgnait sa poitrine avec toute l'insolence dont un adolescent est capable.

— Je n'ai pas l'habitude d'écarter les mineurs du droit chemin.

— Ouais… À part de ça, c'est pas tes oignons, rouspéta Alphonse.

— Sois poli. Je peux encore te laver la bouche avec du savon.

Madame Maltais émit une série de petits rires niais.

— J'oubliais, Lauretta. Il y a une lettre de Chicoutimi pour toi. Ta cousine Cécile, ça m'en a tout l'air.

J'examinai attentivement ma lettre. L'enveloppe semblait intacte. La Maltais devait certainement connaître des astuces pour décacheter sans que ça se voie…

— L'adresse est inscrite derrière, se justifia la marchande devant mon regard suspicieux. Vous connaissez la rumeur ? nous questionna-t-elle pour changer de sujet. Trois cents soldats et deux cents chevaux seraient cantonnés à Chicoutimi.

À ma grande surprise, mon frère opina :

— Apparence qu'ils cherchent les conscrits.

Alphonse était toujours bien informé. Il tenait de pépère Gagnon le goût de la politique. Celui-ci, plus libéral que jamais, beuglait contre les conservateurs de Borden qui menaient toujours à Ottawa. La conscription ! Les hommes n'avaient que ça à la bouche, la dénonçant à qui mieux mieux. Ce qui devenait franchement fatigant !

— Ça ne nous concerne pas, déclarai-je. L'année dernière, il y a eu un recensement des garçons et filles de plus de seize ans et personne chez nous n'a encore atteint dix-huit ans. D'ici là, espérons que la guerre sera finie. Au revoir, madame Maltais, fis-je en serrant ma lettre contre moi. Tu viens, Alphonse ?

Sur le perron, mon frère alluma une cigarette.

— C'est de la cochonnerie, ces affaires-là. Ça fait tousser sans bon sens et ça pue.

— Mêle-toi donc de tes affaires, Lauretta ! soupira mon frère. Y a plus grave : l'armée à Chicoutimi.

— À cause ? La guerre qui se déroule en Europe n'est pas celle des Canadiens français.

— Tu oublies que nous sommes des sujets britanniques. Rappelle-toi les émeutes à Québec au mois de mars, en pleine Semaine sainte. Des soldats ont tiré sur la foule, faisant trois morts ! L'un d'entre eux avait juste quatorze ans !

— Doux Jésus !

— Ils sont capables de tout, ces salauds !

— Qu'est-ce qu'on a à craindre, nous ? L'Anse, c'est bien trop creux. Prends les rênes et laisse-moi plutôt lire ma lettre.

Alphonse ne demandait pas mieux que de conduire le boghei et de fumer en paix.

Chicoutimi, le 20 septembre 1918

Ma chère Alice,

Comment vas-tu, éperdue dans ton rang Saint-Louis ? Dans ta dernière lettre, j'ai bien ri à l'épisode du seau d'eau ! Mes cousins devraient avoir honte de leur paresse. Par contre, es-tu sérieuse lorsque tu affirmes que tu veux quitter ta famille ? Je t'imagine jongler à un plan qui fonctionnerait sans te briser le cœur. As-tu pensé à Antoinette ?

De mon côté, j'ai deux nouvelles.

En premier lieu, je t'annonce, non sans un brin de fierté, que je commence à travailler la semaine prochaine chez Carrier À la mode. *Oui, tu as bien lu ! Du travail et un vrai salaire. Mon père accepte que je garde mes gages pour moi, exception faite d'une petite pension. Je suis folle de joie. Je vais devenir in-dé-pen-dan-te ! C'est monsieur Carrier lui-même qui m'a engagée au rayon des nouveautés. Aussi bien dire au paradis !*

La seconde nouvelle ? Apprends qu'il y a une autre place de vendeuse à combler. Une demoiselle élégante pour répondre aux riches clientes comme madame Dubuc. J'ai parlé à monsieur Carrier de ma cousine de l'Anse-aux-Foins qui est apparentée aux Lemieux, de la famille de son ancien associé. Je lui ai mentionné ta belle diction enseignée par ta tante religieuse. C'est peut-être ta chance, Alice ! Ne perds pas trop de temps avant de te décider.

Ta cousine affectionnée qui t'embrasse sur les deux joues,

Cécile

Je relus la lettre avant de la replier soigneusement pour la glisser dans mon petit sac. Une place de vendeuse chez Carrier ! C'était ma chance, comme l'affirmait Cécile.

— Qu'est-ce qu'elle raconte ? s'informa Alphonse, trop curieux à mon goût.

Je tentai de garder ma contenance, en dépit de mon cœur qui venait de partir au grand galop.

— Comme d'habitude, elle me donne des nouvelles de sa famille, répondis-je avec une fausse indifférence.

— Ah !

Mon frère était-il dupe ? Mon audace me donnait des sueurs froides, je trépignais intérieurement tout en m'efforçant de conserver un visage impassible.

Le soir même, je retournai au village et arrivai juste avant l'heure de la fermeture du magasin général pour déposer deux lettres sur le comptoir.

— J'aimerais que ça parte demain.

Madame Maltais déchiffra les adresses d'un air intéressé.

— T'as ma parole, Lauretta.

Deux jours plus tard, j'attelai de nouveau pour me rendre au magasin. Les réponses que j'attendais étaient arrivées. Une fois sur la banquette du boghei, je m'empressai d'ouvrir les enveloppes. À la lumière de ce que je venais de lire, tout marchait comme sur des roulettes : j'avais mon plan. Au retour, j'étais à ce point perdue dans mes pensées que je guidais à peine la jument qui, heureusement, connaissait le chemin. Je venais d'entrer dans la cour quand soudainement le cheval hennit de terreur. J'empoignai alors solidement les rênes. Un grondement effrayant parcourut le rang, puis le chemin trembla sous un nuage de poussière.

— Des soldats au grand galop ! m'apprit Albert, venu à ma rencontre. Soixante cavaliers ont traversé à Sainte-Anne à neuf heures ce matin. C'est Luc à Laure qui est venu me conter ça, y a pas dix minutes.

— Seigneur ! Que font-ils à l'Anse-aux-Foins ?

— Des hommes sombres qui entrent dans les maisons, qui bousculent les familles pour voir si on ne cache pas quelque part un pauvre garçon destiné à la grande boucherie.

— Ça fait peur !

— Aimé-Louis et Théo sont partis lever des collets. Ils doivent être sur leur retour à cette heure. Imagine s'ils rencontrent ces gars-là, armés de leur fusil de chasse !

— Voyons, ils n'ont pas l'âge !

— Ce n'est pas ça qui les arrête ! Dès qu'un gars a l'air d'avoir dix-huit ans, allez hop, dans la charrette !

— Alice-Lauretta, Albert !

C'était Juliette qui accourait, son joli visage déformé par les larmes et la panique.

— Que je suis contente que vous soyez là ! Ils ont pris Hélie, mon fiancé ! Et Luc et Henri !

— Monte avec nous ! Il faut avertir Aimé-Louis et Théo.

Albert s'empara des guides. Nous atteignîmes le sentier qu'empruntaient les chasseurs. Trop tard. Aimé-Louis et Théo étaient dans la charrette menée par les soldats.

— Hé ! Ils n'ont pas l'âge !

Les soldats me dévisagèrent d'un air moqueur.

— Ils ne comprennent même pas le français, se fâcha Albert.

— *Too young ! Too young !*

Je criais à tue-tête, gesticulant, pointant du doigt. Les garçons du village, qui normalement auraient tous éclaté de rire à me voir faire, se mirent à acquiescer bruyamment.

— *True, it's true !*

— *Prove it !* cracha l'un des militaires.

Les soldats riaient de notre mauvais anglais. L'un d'eux vint se planter devant moi et me détailla outrageusement. Un autre lorgna Juliette, qui se blottit contre Albert.

— Bande de mal élevés !

— Hé ! Vous fâchez pas, mam'zelle, intervint un autre qui, lui, parlait français. Nous ne faisons qu'obéir aux ordres et si vous le prenez sur ce ton, je vous embarque.

— Essayez donc, pour voir !

J'étais trop furieuse pour qu'ils me fassent peur. Juliette tremblait comme une feuille, Albert me faisait signe de me calmer. Celui qui commandait les soldats ordonna :

— *OK, boys ! That's enough ! Let's go !*

— Où les conduisent-ils ? demanda Albert.

— Comment le savoir ? Allons chez pépère, il saura peut-être quoi faire.

— Votre grand-père est au village, répondit ma grand-mère. Ça se passe au presbytère. Des vrais barbares, ce monde-là ! Qu'est-ce qu'ils ont d'affaire à l'Anse-aux-Foins ? On ne demande rien à personne, nous autres !

Pauvre mémère ! Nous étions tous dépassés par les événements.

Devant le presbytère, les prisonniers étaient regroupés sous une tente gardée par des soldats dont le regard, sous la visière de leur casquette, me glaça. Ils étaient déjà en guerre, ces blancs-becs à peine plus âgés que moi. Dans un murmure réprobateur, les villageois discutaient, la mine grave, et pas seulement ceux dont les fils avaient été arrêtés. Des mères et des fiancées inquiètes, des pères furieux de se faire enlever leur main-d'œuvre, et surtout, de voir les fils de l'Anse-aux-Foins partir pour une guerre qui ne nous concernait pas.

— Les cochons ont peur, lança un cultivateur.

— À courir après nos petits gars, ils s'attendent à quoi ? Je reconnus mon oncle Armand.

— Henri Bourassa l'avait dit. La conscription est une invitation à l'émeute. Pire, à l'insurrection.

— Cette fois, même si c'est un conservateur, je suis d'accord, approuva mon grand-père. Allons voir ce qui se passe là-dedans.

Michel Harvey, le futur beau-père de Juliette, lui emboîta le pas, tout comme moi. À l'intérieur du presbytère, un soldat vérifiait les dates des baptêmes dans le gros registre paroissial, sous l'œil indigné du curé. Un officier, facilement reconnaissable aux galons qui ornaient son uniforme kaki, se tenait à ses côtés. En voyant apparaître mon grand-père, monsieur le curé poussa un soupir de soulagement.

— Ah, monsieur le maire, enfin ! Figurez-vous qu'ils ont arrêté deux de mes neveux. L'un d'eux est marié, mais comme le mariage a eu lieu dans une autre paroisse, ils le retiennent prisonnier tant qu'ils n'en auront pas la preuve. Par-dessus le marché, impossible de se faire comprendre, la plupart ne parlent pas un mot de français. Et regardez celui-là tourner les pages du registre ! Il va tout déchirer.

Mon grand-père se dirigea vers l'officier pour se présenter :

— *I am the mayor of this town, sir.*

Montrant du doigt le curé frisant la crise d'apoplexie, il expliqua dans un anglais laborieux qu'il procéderait lui-même aux vérifications. D'autorité, il somma le soldat de lui céder son siège.

— On va commencer par mes petits-fils.

— Quel nom, quelle année ? demanda le soldat d'un ton sec.

Pépère donna les renseignements demandés ; mon frère et mes cousins furent libérés sur-le-champ.

— N'oubliez pas Théo, soufflai-je à mon grand-père.

— Je m'en occupe.

Dehors, j'enlaçai ma pauvre Juliette, catastrophée. Elle venait d'apprendre que Hélie, son fiancé, était en route pour Val-Cartier. Il avait vingt ans.

Le lendemain, je profitais des derniers jours de beau temps pour étaler une lessive sur la corde quand Théo se présenta chez nous. Un foulard protégeait mes cheveux, j'avais les mains et le nez rougis par l'eau froide et la lessive. J'haïssais ça, me faire surprendre attriquée comme la chienne à Jacques !

— Tu parles d'une heure pour venir chez le monde !

Et lui, il souriait, le sacripant !

— Aimé-Louis et Alphonse sont au village pour les dernières nouvelles. Juliette n'arrête pas de pleurer, lui rapportai-je.

— On m'a raconté. J'ai à te parler.

— Va m'attendre dans la grange, alors. J'arrive.

Débarrassée de mon tablier, mes cheveux vitement replacés, j'étais plus présentable. Appuyé contre l'embrasure de la large porte, Théo se roulait une cigarette.

— Je voulais te remercier pour hier. Ça m'a touché que tu prennes soin de moi.

— Voyons donc ! Je ne pouvais pas te laisser tomber.

Il me scruta de son regard bleu.

— Je pars demain pour les chantiers, sur la rivière Sainte-Marguerite.

— Aimé-Louis me l'a dit.

— J'aimerais ça…

Il s'arrêta, hésitant, tortillant sa cigarette entre ses doigts, tirant quelques bouffées. J'attendais patiemment qu'il poursuive.

— J'aimerais ça que tu m'écrives quand je vais être en haut.

— T'écrire ? Pourquoi tu veux que je t'écrive ?

Je réfléchis un instant.

— C'est vrai que tu ne peux pas compter sur ta mère.

Celle-ci était totalement illettrée et ce pauvre Théo n'avait pas de sœur qui aurait pu lui donner des nouvelles.

— Je comprends. Quand je vais écrire à Aimé-Louis, ça va me faire plaisir d'ajouter un mot pour toi.

— C'est pas ce que je voulais dire.

Pour la première fois, je remarquai à quel point sa voix était grave. C'était peut-être à cause de cette profondeur que, depuis quelque temps, sa présence me plongeait dans la perplexité.

— Mon père m'a promis une terre. Si la guerre se poursuit, faudra que je me marie, sinon ce sera la conscription pour moi. Qu'est-ce que t'en dis, Alice ?

Je sursautai :

— C'est la deuxième fois que tu m'appelles Alice.

— Pour tout le monde dans le rang, t'es Lauretta. Moi, ça fait longtemps que je pense à toi comme à Alice. Parce que je sais ce que tu veux.

— Ah, oui ? Et qu'est-ce que je veux, d'après toi ?

— Tu veux pouvoir compter sur quelqu'un de fiable, ne pas être obligée d'aller au champ, au poulailler ou d'aller faire le train. J'ai compris tout ça, Alice. Je suis vaillant, tu sais.

J'étais abasourdie. Qu'est-ce qu'il me demandait, Théo Tremblay ? De dormir dans son lit, de mettre au monde ses enfants ? Et de passer l'hiver le nez à la fenêtre à espérer son retour du chantier ?

— Une terre ? Puis une trâlée d'enfants à élever, je suppose ? Non, tu n'as rien compris, Théo ! Vivre en ville, c'est ça que je veux.

— En ville ? Qu'est-ce que tu vas faire, en ville ?

Il me regarda, amer.

— C'est parce que je suis un Renard, c'est ça ? T'es comme Alfred.

— Je ne veux pas me marier, Théo. Ni avec toi ni avec personne d'autre.

Il jeta son bout de cigarette à terre en l'écrasant furieusement.

— Maudite fière-pet ! siffla-t-il.

Il regagna le chemin du rang Saint-Louis sans se retourner.

Chapitre 17

Mon plan

Je ne remercierai jamais assez ma tante Laure de m'avoir appris à travailler de mes mains. Les soirs, tranquille, je m'asseyais avec mon ouvrage, égrenant les mailles d'un châle travaillé au crochet comme on aurait dévidé les grains d'un chapelet. Sinon, je tirais l'aiguille pour broder un mouchoir, une nappe. «Mains occupées, âme apaisée», m'avait enseigné Laure dans sa sagesse. Je puisais dans les travaux féminins un puissant réconfort.

J'étais devenue suffisamment habile pour que Laure ajoute mes ouvrages à sa production. Madame Maltais tenait bien rempli son carnet de commandes des dames de la ville. Mes modestes chefs-d'œuvre me rapportaient de petites sommes, de l'argent qui me permettait d'acheter du tissu pour mes vêtements ou une paire de chaussures à mon goût, comme le modèle avec une belle bride refermée par un bouton sur le côté. En même temps, j'accumulais des économies secrètes. Dans un tiroir de ma commode, sous mes jupons, j'enfouissais mes trésors: mon beau missel dans lequel était inscrit: *propriété d'Alice Gagnon*, un chapelet nacré, cadeau de Philou, la petite souris sculptée de mon oncle Armand et, surtout, le réticule de mon enfance, celui dans lequel j'avais économisé mon premier sou. Il servait désormais à dissimuler mon petit pécule en billets du Dominion.

Il ne faut pas croire que je gardais tout pour moi. Comment pouvais-je oublier ma famille et mes devoirs envers elle ? Je déposais donc une partie de mes gains dans la vieille boîte en métal qui servait à ranger l'argent du ménage.

Aux yeux de Laure, notre entente ne concernait qu'elle et moi. Sans égard aux demandes répétées de mon père, elle taisait les montants qu'elle me remettait.

— Combien tu lui as donné ? demandait invariablement mon père à sa sœur.

Aussi adroite avec les mots qu'habile avec ses mains, mon imperturbable tante répondait :

— Le juste prix.

Puis faisait remarquer :

— Alice-Lauretta ne vient-elle pas de faire la dépense d'une nouvelle poêlonne pour remplacer l'ancienne cabossée ?

À ma mère, qui elle aussi demandait des comptes, elle rétorquait :

— Et ce corsage neuf, Marie ? Et le tissu pour la robe de la petite ?

Ces cadeaux, je les faisais à même mes économies, en plus de la somme déposée dans la boîte. Sinon, mon père et mes frères, ça voulait fumer, ça voulait prendre un coup, ils m'auraient tout pris. À leurs questions, j'avais toujours la même réponse :

— Tout est dans la boîte en métal de l'armoire.

Et la discussion s'arrêtait là.

La présence de l'armée dans la région avait bouleversé tout le monde; Cécile m'avait écrit d'attendre avant de me présenter chez Carrier. Enfin, l'armistice avait été signé le 11 novembre 1918. La guerre n'était plus qu'un mauvais souvenir. La vie reprenant son cours normal, je pouvais mettre mon plan à exécution. Il était temps, sinon j'aurais encore été retardée par les grands froids et monsieur Carrier ne pouvait m'attendre indéfiniment. Tout était organisé avec Cécile. Officiellement, elle m'invitait à passer la journée en ville et à coucher chez elle. Officieusement, j'avais rendez-vous avec monsieur Carrier pour une entrevue. Avant de partir, j'avais prévu les repas : une soupe mijotait, la fricassée du prochain dîner était au four. Vingt-quatre heures sans Alice-Lauretta Gagnon n'était pas la fin du rang Saint-Louis. D'ailleurs, il faudrait qu'ils apprennent à se passer de moi. Une fois bouclée ma petite valise de carton gris, je rassurai ma mère :

— Albert a promis de vous aider, moman ; éplucher les patates, faire la vaisselle…

— T'en mènes large ! ronchonna mon père qui, prenant son plaisir à gâcher le mien, m'avait piquée au vif.

— C'est vrai ça : les récoltes, les conserves, la grande lessive… Ma journée de congé, je ne l'ai pas volée. Même les servantes en ville y ont droit.

— Calvaise ! À force de te plaindre, tu vas faire jaser au village. Ça sert à rien de te faire entendre raison, tu fais toujours à ta tête ! C'est pas qu'on a pas essayé de te dompter de ta tête dure !

À qui la faute ? À force d'être la responsable dans cette maison, j'avais appris à imposer ma volonté.

— Toi qui clames à tout vent que t'es une servante, à te voir habillée comme ça, t'as surtout l'air d'une demoiselle de la ville.

Ma mère parlait de l'ensemble d'automne de ma confection d'après une gravure vue dans le journal. Ma robe prune était coupée simplement, ornée d'un ruban soyeux qui soulignait la taille et venait se nouer sur le côté. Assorti à la robe, le mantelet, un *spencer*, m'avait appris Laure, était rehaussé d'une collerette de linon plissé avec un rappel aux poignets. J'avais relevé le bord de mon chapeau pour le fixer sur un côté et le garnir d'un minuscule bouquet de fleurs de soie. Des gants cachaient mes mains rougies.

Le boghei attelé m'attendait; Albert devait me conduire au quai avant de se rendre à l'école. À peine sortions-nous de la cour que Juliette, un baluchon à la main, apparut sur le chemin, courant pour nous rattraper.

— Alice-Lauretta, attends-moi, je vais en ville avec toi!

— Impossible, Juliette.

— Je t'en prie... Pour avoir des nouvelles de Hélie.

— Il a été démobilisé, tu n'as plus qu'à attendre qu'il revienne.

— Je m'ennuie, amène-moi avec toi!

— Je ne peux pas, je vais coucher chez ma cousine Cécile.

— Cécile sera contente de me voir, on s'entend bien, insista-t-elle, les yeux suppliants. Et puis, j'irai voir Philou. Elle me manque, à moi aussi.

Petit Jésus! Je n'avais que faire des émois de Juliette. Pour que mon plan réussisse, personne, pas même elle, ne devait être au courant. Sans compter qu'elle me retardait: je risquais de manquer la chaloupe à moteur.

— C'est de même, Juliette! Tu ne peux pas m'accompagner aujourd'hui.

— Dis surtout que tu veux rester seule avec Cécile, ta confidente, ta cousine préférée.

Dépitée, elle rebroussa chemin.

— Quand même, Alice… T'aurais pu l'amener, me reprocha alors Albert.

— Je ne peux pas, ça finit là, répondis-je, excédée. Puis dépêche, le bateau ne m'attendra pas !

Comme de fait, j'arrivai juste à temps pour sauter dans la chaloupe, fébrile en pensant à la journée qui m'attendait.

— Ma Philou !

— Mon Alice !

Nos doigts s'étreignaient au travers des trous du grillage de bois, nous qui désirions si fort nous serrer l'une contre l'autre.

— Ma foi ! Tu deviens une jolie fille !

Elle, elle n'avait pas changé depuis ma dernière visite.

— Tu me vois avec les yeux du cœur. Pas une rondeur pour m'enrober un peu ! Je suis tellement maigre, pas engraissable !

— Arrête ! Il y aura bien quelqu'un pour remarquer la passion qui brille dans ces yeux-là. Et quelle grâce ! Ce petit chapeau te va à ravir.

— C'est la mode ! Et c'est tant mieux ! Les larges chapeaux me désavantageaient. Qu'est-ce que t'en penses ? C'est moi qui l'ai modelé.

Je fis un tour de piste pour montrer mes atours.

— Il est ravissant ! Tu es digne d'une gravure de mode !

Malgré sa cornette, elle n'avait pas perdu l'œil. Les religieuses cloîtrées s'intéressaient elles aussi à ce qui se passait à l'extérieur.

— Raconte-moi toutes les nouvelles de l'Anse-aux-Foins. Je suis impatiente d'apprendre comment va tout le monde.

— Mémère fait dire qu'elle s'ennuie, qu'elle pense à toi tous les jours.

— Ne plus revoir ma mère est le plus grand sacrifice exigé par mon Divin Époux, soupira Philou.

Pauvre mémère ! La ville l'effrayait. Dût-elle vivre cent ans, elle ne poserait jamais le pied à Chicoutimi.

— Par contre, pépère a promis de venir te voir avant l'hiver.

— Il vient toujours. Parle-moi des autres !

— Mon oncle Armand a une grosse toux qui ne veut plus le lâcher, mais il ne se plaint pas. Sinon, ma tante Rosanna et lui connaissent de bonnes années.

— Comment va ta mère ?

— Oh, Philou ! J'espère qu'elle n'aura plus d'enfants. Je ne peux pas croire que le Bon Dieu en exige autant. Sa dernière grossesse a été éprouvante.

— C'est pourtant le sort des femmes mariées, compatit sœur Sainte-Blandine, elle qui avait résolument tourné le dos à la destinée du genre féminin. À ce propos… Laure m'a écrit que tu as refusé Théo.

Je hochai la tête.

— Je ne veux pas me marier. Comme toi.

— Que feras-tu ? Tu n'as pas la vocation pour devenir religieuse.

— Être habillée pareille comme les autres ? Jamais de la vie !

— C'est bien ce que je disais, sourit Philou.

— J'ai décidé de venir vivre en ville. D'ailleurs, toute la famille devrait déménager. Sans la ferme qui lui pèse, popa serait peut-être plus heureux ? Quant à moman, toute sa famille est à Chicoutimi, elle se sentirait moins seule.

— Le veulent-ils, seulement ? La ville, c'est *ton* rêve, Alice ! Qu'as-tu en tête, exactement ?

Chère Philou qui me connaissait… parfaitement. Pendant que je lui expliquais mon plan, elle opinait doucement, ses longs voiles balayant de plancher de bois ciré. Nous restâmes encore quelques minutes à placoter avant de nous quitter… jusqu'à la prochaine fois.

Des hauteurs de la ville où était situé le monastère flanqué de l'hôpital, je redescendis vers le centre-ville, reconstruit à neuf après le terrible incendie de 1912. Chaque fois que je débarquais de l'Anse-aux-Foins et remontais la rue du Quai, je m'attendais à voir surgir le Château Saguenay et les arcades du Colozza. Du Chicoutimi d'autrefois ne subsistait que l'hôtel de la Poste et les éternels charretiers fumant leur pipe sur l'esplanade.

La nouvelle cathédrale se dressait sur le site de l'ancien couvent avec son clocher élancé, sa façade faisant désormais face à la rivière Saguenay, comme le visage d'une belle se contemplant dans son miroir. Le séminaire, le couvent, l'école normale, bâtiments dont les lignes épurées s'élevaient vers le ciel, étaient l'œuvre de l'architecte Lemay, le frère du photographe. À l'angle de l'ancienne rue du Couvent, rebaptisée rue Bégin, l'hôtel Chicoutimi, avec ses cinq étages, ouvrait de larges vitrines sur la rue Racine, qu'envahissaient des automobiles à essence en concurrence féroce avec les voitures à cheval. À l'Anse-aux-Foins toutefois, ni automobile ni électricité n'avaient encore fait leur apparition.

Le magasin Carrier *À la mode*, également reconstruit et modernisé, était le plus réputé de la rue Racine. À l'intérieur, des globes de verre suspendus du plafond comme autant de ballons répandaient l'éclairage électrique sur les rayons. Ma cousine m'attendait derrière un étalage de mouchoirs et de gants artistiquement disposés.

— Alice, enfin ! C'est si plaisant de te voir, chère !

Elle détailla soigneusement ma toilette et se montra satisfaite.

— Viens que je te présente à monsieur Carrier, il t'attend.

Tout à coup, la frousse me prit et je me sentis moins brave.

— Ça ne marchera pas. Il verra tout de suite que je n'ai qu'une quatrième année.

— Tu t'en fais pour rien, me rassura Cécile. Allez, souris, le voici.

Le propriétaire du magasin était un homme entre deux âges, costume trois pièces coûteux, petite moustache impeccable et cheveux gominés séparés sur le côté par une raie bien droite. Ses yeux intelligents portaient un vif intérêt à l'image de jeune fille sérieuse que je souhaitais projeter. Le regard franc, il s'approcha en tendant la main.

— Mademoiselle Gagnon. Vous êtes telle que votre cousine vous a décrite : juste ce qu'il faut de chic. Venez, nous allons faire le tour du rayon des nouveautés. On m'assure que vous êtes une personne de goût, j'ai hâte d'entendre vos commentaires.

Monsieur Carrier nous guida entre les divers rayons, à mes yeux, un véritable palais des splendeurs ! Des articles de toute sorte étaient disposés dans les vitrines où s'étalaient sur de grands comptoirs en arrangements savants qui auraient rendu madame Maltais verte de jalousie. Une série de petits détails indiquaient qu'ici, le client était roi, comme ces tabourets permettant d'attendre confortablement son paquet pendant qu'un commis tiré à quatre épingles emballait les achats. Des vendeuses souriantes et vêtues avec élégance veillaient sur le contenu des présentoirs tout en renseignant la clientèle d'un ton assuré.

— Dites-moi, mademoiselle Gagnon, que pensez-vous de ces mouchoirs ?

J'examinai soigneusement la marchandise. De grands mouchoirs faits de solide coton et présentés par deux dans une boîte étaient destinés aux messieurs. Plus loin, je remarquai des mouchoirs pour dame en soie, bordés de dentelle. Ils devaient être dispendieux, car il n'y en avait qu'un par boîte.

— Puis-je examiner celui-ci de plus près ? demandai-je en surveillant ma prononciation pour impressionner monsieur Carrier.

L'objet en question était de piètre qualité comparé aux autres ; l'ourlet avait été cousu à la va-vite. Comment l'exprimer sans vexer le propriétaire du magasin qui m'observait et me voyait hésiter ? Et Cécile qui tirait discrètement sur ma jupe… Je crus à un piège.

— Ne cherchez pas à me flatter, mademoiselle Gagnon, dit monsieur Carrier qui semblait s'amuser. Surtout que vos yeux ont déjà parlé pour vous…

Je me lançai donc :

— Moi, je n'achèterais pas un de ces mouchoirs même s'ils sont bon marché parce que je craindrais qu'ils ne résistent pas au lavage.

— Excellente réponse. Vous savez reconnaître la belle confection, vous saurez conseiller ma clientèle. C'est bien mon intention de retourner ce lot de qualité médiocre.

Pouvez-vous débuter la semaine prochaine, mademoiselle Gagnon ?

Si je pouvais ? J'étais folle de joie.

— Sûr que ça va nous faire plaisir de t'héberger, Alice, affirma ma tante Magué, à l'heure du souper. La pension sera la même que celle de Cécile, à la condition que tes parents soient d'accord, évidemment… Car si j'ai bien compris, ils ne sont encore au courant de rien.

Honteuses de voir notre stratagème éventé, Cécile et moi avions piqué du nez dans notre bol de soupe. Dévoiler mon jeu était la seule façon de m'en sortir honorablement.

— Je suis décidée, ma tante. Je n'en peux plus de la campagne. Le jour où j'ai découvert la ville, j'ai su que c'était ma place. Et si votre décision est de ne pas me loger sans l'autorisation de mes parents, je prendrai une chambre !

— Comme ça, la vie est difficile à l'Anse-aux-Foins ! s'étonna ma tante. Marie se garde bien de me l'écrire, par fierté, j'imagine. Si je n'avais pas Cécile pour me renseigner et m'apprendre qu'ils ont besoin de ton salaire, je ne me serais doutée de rien.

— C'est vrai que ça va mal. Nos récoltes ont été médiocres, puis ça ne s'améliorera pas, surtout quand je partirai. C'est rendu que c'est moi qui discute avec mon grand-père de ce qu'on sème dans le champ. En vérité, j'aimerais les convaincre de déménager. Si la ferme était vendue, mon père pourrait acheter une maison à Chicoutimi.

— C'est sûr qu'en ville, ce n'est pas le travail qui manque, intervint mon oncle Émery. À elle seule, la Compagnie de pulpe compte un millier d'employés, pratiquement une personne sur huit à Chicoutimi. On parle même d'agrandir le moulin numéro deux. Et avec toutes les petites industries du coin, même les journaliers se tirent bien d'affaire.

— Ton idée n'est pas bête, approuva ma tante. Marie n'a jamais été bonne à la ferme. Elle se plaint que ton grand-père fait la loi jusque dans votre cuisine.

— Ce qui est la pure vérité !

Pourtant, ma tante restait songeuse.

— Écoute... Commence par retourner chez vous leur apprendre que tu as trouvé un emploi en ville.

— C'est mon intention.

— On arrivera bien à s'entendre pour la pension. Je n'aimerais pas te voir en chambre... Qu'est-ce que t'en dis, Alice ?

— J'en suis ravie. Pour la première fois de ma vie, une fenêtre s'ouvre sur un avenir ensoleillé.

Adieu les foins, la grange, les poules, les vaches ; bonjour la ville ! Plus tard, après le souper, la vaisselle faite, dans la chambre de Cécile, ma cousine et moi formions des projets. Nous allions mettre de l'argent de côté pour faire des voyages. Voir le Château Frontenac à Québec, arpenter la rue Sainte-Catherine à Montréal et admirer les vitrines des grands magasins...

— S'il le faut, auras-tu la force de partir seule, Alice ? De laisser la petite Antoinette ? Tu y es tellement attachée !

— Oui, mais ce ne sera pas pour longtemps. Parce que sans moi, la famille n'arrivera pas à tenir la terre.

— À la condition que tes parents acceptent ton plan.

— Il le faut, déclarai-je au moment où le sommeil avait raison de nous.

Des rêves plein la tête, je m'endormis.

Le lendemain, le ciel se couvrit de gros nuages gris. Nous aurions encore de la pluie. Septembre avait été maussade, les premiers jours d'octobre s'annonçaient aussi peu réjouissants.

— En ville, avez-vous entendu parler de la terrible grippe espagnole, mademoiselle Gagnon ? me demanda le capitaine Girard sur le chemin du retour. Il paraît qu'à Québec, les magasins ferment dès quatre heures de l'après-midi pour éviter la contagion. Que les écoles restent closes jusqu'à nouvel ordre.

— Je n'ai rien entendu de tel, capitaine. Vous pensez bien que ma tante religieuse hospitalière m'en aurait parlé. Chez Carrier *À la mode* comme au Bassin, le quartier où habite ma parenté, personne n'a fait mention de la grippe.

— Une maladie qui ne pardonne pas, dit-on ! On se lève bien portant et le soir, on est dans sa tombe.

Je haussai les épaules aux histoires à faire peur du capitaine. Pendant que le bateau crachotait sa boucane noire, je m'imaginais derrière un comptoir vitré, proposant un mouchoir de soie ou des gants de cuir fin à une élégante dame.

Au diable l'incessante petite pluie froide qui m'accueillit en débarquant de la *Jeannette*. Je serais trempée de la tête aux pieds en dépit de mon parapluie, à moins de rencontrer un bon Samaritain sur mon chemin. À ma grande surprise, Alphonse m'attendait avec le boghei. Geste louable, lui qui détestait tant être de corvée !

— C'est fin, ça, venir me chercher par un temps pareil.

— Ils t'attendent, à la maison.

— Je suppose ! soupirai-je.

Ils avaient surtout hâte de retrouver leur servante, oui ! Flottant sur mon petit nuage, oubliant la pluie qui augmentait sa cadence, je songeais qu'ils devraient apprendre à se passer de mes services.

— T'as l'air de bonne humeur ! nota Alphonse. C'est pas comme Juliette. Elle est en beau mosus contre toi.

— Bah ! Ça lui passera. Juliette est raisonnable.

— Si tu le dis.

Il avait un petit sourire en coin. J'aurais dû me méfier.

Chapitre 18

Tomber de haut

Je courus tant que je pus sous la pluie battante, les yeux rougis d'avoir pleuré, trempée et glacée, l'âme meurtrie, comme déchirée par le temps qui s'était déchaîné. Mon oncle Armand se battait contre le vent pour fermer le portail du chemin qui menait chez eux quand il m'aperçut.

— Alice ! Qu'est-ce qui t'arrive ?

Je me réfugiai dans ses bras, déversant mes dernières larmes.

— Vous m'avez toujours dit... de venir n'importe quand...

Je hoquetais, je tremblais, j'étais dévastée.

— Ma petite ! Entre vite te réchauffer.

— Mon doux ! s'écria à son tour ma tante Rosanna.

Elle s'empressa de m'offrir une chaise sur laquelle je m'effondrai.

— Armand, cours chercher une couverture avant que cette enfant ne meure de froid. Je vais te servir une tasse de thé bien chaud, me réconforta-t-elle en se tournant vers moi. Les enfants, allez jouer plus loin, ajouta-t-elle, votre cousine a besoin de calme.

Ma tante Rosanna, c'était bon comme du bon pain.

— C'est à cause de Théo que t'es sens dessus dessous? T'as refusé sa demande, à ce que j'ai entendu entre les branches. Dire non, c'est pas facile, je comprends ça, ma pauvre enfant

— Théo? reniflai-je. Théo ne peut pas me faire de mal.

En aucune façon, et certainement pas du genre de celui que venait de m'infliger ma propre famille.

— Alors, que s'est-il passé pour te mettre dans un état pareil, Alice? demanda mon oncle.

Tous deux me couvaient d'attentions inquiètes. Je leur racontai tout.

À mon arrivée ce matin, mon père m'attendait de pied ferme. Debout au milieu de la cuisine, bras croisés, jambes légèrement écartées, frémissant sous la moustache, le visage peint d'un air hostile que je ne lui connaissais pas. Il en était presque ridicule, ce qui ne l'avait pas empêché de frapper fort.

— V'là mam'zelle l'hypocrite! Mam'zelle Gagnon qui s'en va vivre en ville! Travailler dans un magasin et faire honte à sa famille, comme si elle trouvait pas sa pitance sous son toit!

Et ma sainte mère, indignée comme une princesse d'Angleterre à qui on avait manqué respect, s'était empressée d'ajouter:

— Quand j'ai su ça, hier, j'ai tout de suite écrit à Magué qu'on était pas d'accord. La lettre est partie par le bateau d'à matin, ma sœur doit être en train de la lire à l'heure qu'il est.

Ce qui expliquait en partie l'air triomphant d'Alphonse.

— T'as pas ma permission, Lauretta, avait renchéri le paternel, le ton ferme, solennel comme un pape. T'es mineure. Ta place est ici, à l'Anse, avec ta famille.

J'en étais restée abasourdie.

— Si tu venais à peine de débarquer, comment avaient-ils découvert tes projets ? s'étonna mon oncle Armand qui m'écoutait avec attention.

— Par mes lettres, mon oncle !

Ma correspondance était étalée sans pudeur sur la table et ma mère brandissait la dernière lettre de Cécile comme un étendard. Ça m'avait fait tellement mal. Ils avaient violé mon intimité !

— Vous avez fouillé dans mes affaires ! m'étais-je indignée. Vous avez lu mes lettres personnelles ! Comment avez-vous pu ?

— On comprend maintenant pourquoi tu refusais de nous les lire, m'avait répondu ma mère d'un ton presque méchant. J'en ai glissé un mot à Magué dans ma lettre. Cécile qui arrête pas de te plaindre… Faut arrêter ça tout de suite, les histoires de Lauretta la servante.

Ils me haïssaient donc à ce point ? Petit Jésus, qu'étais-je donc pour eux, sinon, rien d'autre qu'une servante, justement ?

— Je partirai quand même, ai-je répondu. Personne au monde ne pourra m'empêcher de décider par moi-même de mon avenir. Si ma tante Magué ne veut pas de moi, je vais louer une chambre en ville.

— Avec quel argent ?

Je blêmis. Mon argent ! Bien sûr ! S'ils avaient trouvé les lettres, ils avaient assurément mis la main sur mon petit sac. C'est là que je remarquai Antoinette qui jouait tranquille sur la dernière marche de l'escalier.

— Regarde, Lauretta, la petite souris qu'Alphonse m'a donnée.

Alphonse… qui étrangement s'appliquait à mettre du bois dans le poêle. Comme pour me narguer, il exhiba mon réticule qu'il venait de sortir de sa poche.

Je fonçai droit sur lui pour le lui arracher des mains et de rage, je le giflai violemment. Malgré sa joue brûlante, sa bouche se tordit en un vilain rictus de satisfaction.

— Tu te pensais bonne, hein, avec ton seau d'eau ? Mam'zelle la fière-pet qui veut mener tout le monde par le bout du nez, je t'avais dit que tu l'emporterais pas au paradis, celle-là !

— Traître !

— Laisse ton frère tranquille, ordonna mon père. Il a fait son devoir. Tu devrais avoir honte ! Nous cacher vingt belles piastres ! Désormais, tu me remettras tout l'argent que tu gagnes, à moi, le chef de famille.

Vingt piastres ?

Je me tournai vers Alphonse.

— Sale petit voleur ! J'avais vingt-trois piastres et trente-cinq. Qu'as-tu fait du reste ?

— Hé ! Tu te penses maligne, hein, Lauretta ? Tu devrais pas tout conter à Juliette. Tes petits secrets, tes cachettes… Elle était bien fâchée, hier…

Juliette m'avait trahie ? Je ne pouvais y croire. Antoinette s'était mise à pleurnicher dans son coin.

— Pars pas, Lauretta. Je veux pas que tu partes.

Sans ménagement, je lui repris ma souris.

— T'es pas fine, Lauretta ! Je te déteste !

— C'est à moi, c'est tout ce qui me reste.

Leur ingratitude me brisait le cœur. Je me sauvai avant d'éclater en sanglots. Ce n'est qu'une fois arrivée devant la maison de mon oncle que les larmes se mirent à couler.

— Alphonse, c'est de la mauvaise graine, conclut mon oncle. Mais je ne m'explique pas un tel coup bas venant de Juliette. Elle ne ferait pas de mal à une mouche.

— Elle était blessée et en colère, la justifia ma tante. Je ne l'excuse pas, surtout que tu ne lui avais rien promis. Seulement, si tu lui avais dit la vérité, tu te serais évité des ennuis.

— Je ne l'ai pas mise dans le secret de crainte qu'elle ne s'échappe. Juliette est si naïve.

— Justement, ajouta mon oncle. J'espère que tu lui pardonneras, car elle t'aime sincèrement. Ce serait dommage…

Je haussai les épaules; je n'étais pas encore prête à passer l'éponge.

— Un frère qui n'hésite pas à me voler le peu que j'ai! Des parents qui ne se sont jamais préoccupés de mon bonheur! Ma cousine qui me trahit! Comprenez-vous, mon oncle? Je n'en peux plus.

Je tournais entre mes doigts nerveux le corps lisse de la petite souris de bois, qui ne m'avait pas quittée depuis que je l'avais arrachée des mains d'Antoinette. Mon parrain me caressait les cheveux, comme il le faisait quand j'étais petite fille tout en m'écoutant, hochant la tête d'un air chagriné.

— Marie et Honoré… je préfère me taire. Et toi, as-tu songé à ce qu'il adviendra d'Antoinette ou d'Albert quand tu seras partie?

— Ça fait longtemps que je jongle à tout ça. Albert va à l'école du village, il fera son chemin, je n'ai pas à m'inquiéter. Et Antoinette, tout le monde l'aime. Avec son caractère, ils seront incapables d'en faire une servante! Mais c'est vrai, l'abandonner, ça m'arrache le cœur. Je dois partir parce que si je reste, petit Jésus, je vais mourir par en dedans!

J'étais épuisée, ma voix tremblait.

— Vous rappelez-vous, mon oncle, l'année du grand feu ? Ils m'ont dit que l'école, c'était fini pour moi. Ce jour-là, quelque chose en moi s'est cassé. Une brisure, c'est drôle à dire, que j'ai parfaitement ressentie ! Aujourd'hui, ça veut encore craquer. Et je ne veux pas repartir à la dérive.

— Ma petite…

Mon oncle Armand m'enveloppa du seul regard paternel que je connaissais, le sien. Pleine de gentillesse, ma tante me tapota doucement la main.

— Ma pauvre enfant ! T'aurais peut-être dû accepter Théo. Un garçon si droit, si vaillant. Il aurait pris soin de toi. Un bon mariage, c'est ce qui peut t'arriver de mieux. Regarde moi et ton oncle !

— N'insistez pas, ma tante. J'ai besoin de liberté, pas de me marier.

Chère tante Rosanna. Elle avait réussi à m'arracher un mince sourire. Je déposai enfin la souris sur la table. Mon oncle l'examina.

— Elle a acquis une belle patine.

— Si vous saviez combien de fois elle m'a consolée, la petite souris qui a libéré le soleil !

Mon oncle s'approcha pour me serrer dans ses bras. Je retrouvai une chaleur familière, je redevins une petite fille… l'espace d'une longue minute.

— Pour aujourd'hui, tu vas rester ici, décida ma tante. Je vais te préparer un lit. Du repos avant tout. On avisera demain.

Le lendemain, j'aurais préféré ne pas bouger, rester blottie dans l'atmosphère bienfaisante de la maison de mon oncle et m'abandonner aux attentions de ma tante Rosanna. Cette dernière affirmait que je n'étais pas remise de mes émotions. Or, Armand nous fit comprendre qu'il fallait régler rapidement cette histoire.

— Tout ce qui traîne se salit. Je ne te laisse pas seule, j'y vais avec toi.

Après le déjeuner, j'embrassai donc ma tante en la remerciant de ses bontés.

— Prends soin de toi, Alice. Et n'hésite pas à revenir.

Albert sortait du poulailler juste comme on arrivait dans la cour.

— J'ai essayé de reprendre ton argent, Alice, mais popa m'a vu.

— Tu n'aurais pas dû, Albert, désapprouva notre oncle. On ne répond pas à une mauvaise action par une autre.

— C'est pour ça que popa m'a envoyé coucher dans la grange.

— En pleine tempête !

Mon père… pas une once de jugeote. Et ma mère qui laissait faire…

Nous allions passer le seuil de la porte de chez nous quand je fus prise d'un irrépressible tremblement. Albert me prit la main, Armand m'enlaça. Merci, petit Jésus ! Eux, ils m'aimaient !

— Je suppose qu'elle est allée se plaindre chez vous, pesta mon père en apercevant son frère. T'aurais pas dû endurer ça…

En voyant l'air sévère d'Armand, il arrêta ses récriminations et entreprit d'examiner soigneusement les craques du plancher.

— Honoré, je t'ai toujours protégé, aidé.

— C'est la vérité, admit mon père.

— Si je suis venu te voir à matin, c'est pour te rappeler le gros bon sens. Rends son argent à Alice.

— Son argent? Quel argent?

Mon oncle ne se donna même pas la peine de répondre et se braqua sur Alphonse.

— Tu sais comment ça s'appelle, ce que tu as fait?

— J'ai rien fait! Et vous êtes pas mon père.

— Non, je suis ton oncle! Ce qui me permet de qualifier ton geste: ça s'appelle du vol.

Il avait élevé la voix d'un ton. Alphonse recula d'un pas. Mon père se redressa.

— Là, Armand, tu dépasses les bornes. Ça te regarde pas, c't'affaire-là!

— Tu te trompes, Honoré, ça me regarde au premier chef. J'ai pris sur les fonts baptismaux l'engagement de veiller sur cette enfant, ajouta-t-il en me désignant.

Dans son coin, Alphonse afficha un air faussement outré sur sa face d'hypocrite:

— C'est elle, la voleuse. Tout ce que j'ai fait, c'est de restituer l'argent qui appartenait à la famille.

— En te payant au passage, le tança mon oncle. Trois piastres, c'est bien ça?

Puis il détourna le regard comme si mon frère n'existait plus pour dévisager tour à tour mes parents.

— Honoré, tu vas redonner l'argent à Alice parce que tu ne veux pas encourager un voleur sous ton toit. C'est lui qui devrait geler dans la grange une couple de nuits…

Ses yeux se portèrent sur ma mère. Ils avaient perdu l'éclat rieur de jadis, lorsqu'il la regardait.

— Et vous, Marie? Vous n'avez pas défendu votre fille, votre soutien quotidien. Ma foi, je ne me rappelle plus le jour où je ne l'ai pas vue travailler.

Ma mère baissa les yeux, puis se leva pour prendre la boîte de métal dans l'armoire et me rendre mon argent.

— Il manque la piastre que j'ai donnée à Alphonse pour une commission.

Sans un mot, je repris les billets avant de me retourner vers mon frère la main tendue.

— Mes trois piastres, Alphonse Gagnon.

— Christ ! siffla-t-il entre ses dents. Dans tes rêves !

— Alphonse, tu redonnes l'argent à ta sœur ! le somma mon oncle.

— Je peux pas, je l'ai plus.

Malfaisant, sournois et voleur, ce frère dont je m'occupais depuis sa tendre enfance me toisait en effronté. Je le regardai droit dans les yeux.

— Prends-en ma parole. T'as beau être mon frère, tu peux aussi bien crever. Toi et moi, c'est fini !

Mon pécule retrouvé, je montai faire mon bagage, plus que jamais décidée à partir. En rejoignant mon oncle qui m'attendait sur le pas de la porte, je remarquai qu'il manquait quelqu'un. Le petit Alcide, que la scène avait laissé parfaitement indifférent, jouait dans son coin. Seul.

— Où est passée Antoinette ?

— Hum ! émit quelqu'un qui se raclait la gorge pour prévenir de sa présence. Elle est avec moi.

— Monsieur le curé !

Il entrait avec la petite dans les bras. Antoinette avait les pieds sales de boue.

— Cette enfant courait pieds nus sur le chemin. Par ce froid, elle risque d'attraper du mal.

Personne ne s'était aperçu qu'elle avait disparu. J'aurais pu tous les étrangler. La culpabilité me traversa les entrailles. J'attrapai Antoinette pour la gronder tout en plaquant un gros baiser sur sa joue.

— Combien de fois t'ai-je avertie de ne pas sortir nus pieds ?

Me rappelant que rien ne devait infléchir mon désir de partir, je la déposai dans les bras de ma mère. Cette dernière, adoptant tout à coup un ton onctueux, invita le curé, trop contente de cette diversion bienvenue.

— Assoyez-vous, Lauretta va vous servir une tasse de thé.

— C'est bien aimable, madame Gagnon, mais je suis pressé.

Il avisa mon oncle.

— Je suis content de vous trouver ici, ça m'économisera une visite.

Je m'impatientai.

— Allez-vous nous dire ce qui se passe, monsieur le curé ?

— La grippe espagnole. Plusieurs cas se sont déclarés au village dont un mortel, je le crains. Avec quelques marguilliers, je fais le tour de la paroisse : tout le monde chez soi, ordre du docteur Claveau. Les écoles seront fermées. Même la *Jeannette* reste au quai.

Je devins blanche comme un drap.

— C'est impossible !

— Le service est interrompu jusqu'à nouvel ordre, précisa le curé, sauf pour les cas d'urgence.

Mon bagage échoua dans un coin de la chambre.

La nuit suivante, Antoinette se mit à gémir, le front brûlant de fièvre. Au petit matin, je donnai mes consignes :

— Moman, gardez les petits en bas. Personne ne doit monter. Albert, apporte-moi de l'eau, du savon, des vieux linges propres. Antoinette saigne du nez. Ensuite, tu iras au village acheter de la quinine et quérir le docteur.

À l'aide d'un vieux linge de coton, je m'étais confectionné un masque de fortune pour couvrir ma bouche et mon nez, ainsi que Philou me l'avait appris lors de la naissance de ma petite sœur. Mesure que le docteur Claveau approuva lors de son bref passage :

— N'oubliez pas de vous laver fréquemment les mains, mademoiselle Gagnon.

— C'est dans mes habitudes, docteur. Je me tiens loin des microbes.

— Si seulement monsieur le curé avait suivi votre exemple, soupira le vieux médecin. Je l'ai envoyé à l'hôpital de Chicoutimi aujourd'hui même.

— Le curé est malade ?

— La fièvre a commencé hier. Cet homme dévoué a été contaminé pendant ses visites.

L'image d'Antoinette dans les bras du curé s'imposa à mon esprit.

— Et il a probablement contaminé ma sœur en la ramenant ici, laissai-je tomber, atterrée.

Le docteur avait la mine défaite.

— C'est une épidémie comme je n'en ai jamais vu, mademoiselle Gagnon. Aussi grave qu'une épidémie de variole !

— La petite vérole ?

— Si vous préférez, c'est pareil !

Un sentiment affreux s'empara de moi.

— Petit Jésus, protégez ma petite Antoinette ! balbutiai-je en faisant un signe de croix.

— Continuez vos soins pour la soulager, conseilla l'homme de l'art. Priez, si vous en avez le temps, et préparez-vous au pire.

— Que voulez-vous dire ?

— Elle ne tiendra pas deux jours.

— Il faut l'envoyer à l'hôpital, m'écriai-je. Ma tante, sœur Sainte-Blandine, la soignera.

— Encore une fois, vous me voyez désolé. Les hôpitaux n'admettent pas les enfants de cet âge, ajouta-t-il sur un ton terriblement las.

Et il reprit le chemin de la cuisine.

— Votre fille a pris les bonnes décisions pour éviter la contagion, expliqua-t-il à mes parents, sonnés par le diagnostic. Évitez tout contact avec Antoinette et son infirmière. Et surtout, ne tardez pas à l'enterrer le temps venu. Ne m'en voulez pas d'être brutal. La contagion… J'essayerai de passer demain.

Le docteur, j'allais le faire mentir !

Comme elle gémissait, ma pauvrette ! Dans l'espoir fou de voir la fièvre tomber, j'administrai la quinine rapportée par Albert et bassinai sans relâche le petit corps tremblant d'Antoinette. Malheureusement, comme l'avait prédit le médecin, mes tentatives restèrent vouées à l'échec. Après un ultime murmure dans lequel je crus entendre « Lauretta », Antoinette rendit son dernier souffle.

Le docteur Claveau passa confirmer le décès, puis tout devint noir.

Petit cercueil sous un dais funèbre dans lequel je déposai Antoinette vêtue de sa plus jolie robe, ma petite souris de bois à ses côtés. L'église également tendue de noir – on n'y célébrait plus que des funérailles –, puis les larmes de la famille. *De profundis…* Au retour du cimetière, nous étions tous dévastés. Le curé, lui, s'en était sorti. Pour cette raison, je me mis à le détester.

Chapitre 19

Chagrins et départ

Monastère des Augustines de la Miséricorde de Jésus, Chicoutimi,

Ma bien-aimée Alice,

Je partage ta peine, je connais cette douleur qui fait si mal. La mort d'une sœur chérie est une terrible épreuve que nous envoie le Seigneur. Que serais-je devenue sans toi après la mort d'Alicia ? Comprends-tu pourquoi tu m'es si chère ? Tu as été ma consolation, tu m'as permis de reprendre goût à la vie. Voilà pourquoi j'ai la certitude que le Seigneur te réserve d'autres joies qui viendront atténuer tes peines. En attendant ce jour, mon Alice, reprends courage et prie Jésus et Marie, comme je les prie pour vous tous. Je t'embrasse de tout mon cœur.

Ta Philou, sœur Sainte-Blandine en religion

Je repliai la lettre pour la déposer dans le tiroir de la commode, près des autres mots de réconfort, inutiles. Ma chambrette m'était devenue insupportable. Dans ce lit que nous avions partagé, je revoyais sans cesse ma petite sœur agonisante.

Il fallut du temps avant que me revienne le souvenir de ses rires. La seule joie qu'avait connue notre maison s'était enfuie, une infinie tristesse longeait les murs, ses habitants n'étaient plus que des morts-vivants. Antoinette, petit oiseau du bonheur, avait tout emporté avec elle. Des larmes sillonnaient les joues de ma mère lorsqu'elle donnait le biberon à Antoine. Mon père passait ses journées à se bercer, broyant du noir en tirant sur sa pipe. Sinon, il partait vers la grange pour en revenir la mine encore plus morose. Les garçons semblaient perdus, Alphonse disparaissait des journées entières. Tant pis s'il tournait mal, ce n'était plus mon affaire. Aimé-Louis n'était pas revenu des chantiers. L'automne était sombre, funèbre. Si ce n'était d'Albert, qui, avant de se rendre à l'école du village, s'occupait de remplir l'appentis, qui aurait pensé au bois pour chauffer le poêle ?

Je refusais de m'apitoyer, je m'efforçais de m'endurcir pour éviter de sombrer. Agir, défier le mauvais sort avant qu'il ne nous engloutisse. Quitter l'Anse-aux-Foins était devenu une urgence pour nous tous. Et désormais, j'avais une alliée : ma mère. Nous en discutions en préparant le dîner.

— Avec la mauvaise année qu'on a connue, l'argent qu'Aimé-Louis rapportera du chantier ne suffira pas pour que nous passions l'hiver. En ville, tout le monde travaille, mon oncle Émery ne cesse de le répéter. À Chicoutimi, popa se trouvera vite un emploi, tout comme Aimé-Louis et Alphonse. Et puis, avec la perspective d'une paye régulière, ils seront motivés à travailler. Et quand Albert finira son école, il fera un bon salaire.

— Moi aussi, j'en peux plus de la misère de l'Anse-aux-Foins, approuvait ma mère. En ville, il y a tellement de commodités, à commencer par l'électricité. Imagine juste une machine à laver le linge ! Reste à convaincre ton père. Et j'ai de quoi le décider, ajouta-t-elle, triomphante.

Elle parlait de la dernière lettre de ma tante Magué. Le soir même, elle s'empressa d'aborder la question.

— Écoute ça, Honoré ! Une maison de deux logements est à vendre rue Morin. Une fois que la terre aura trouvé preneur, nous pourrions l'acheter, occuper un logement et louer l'autre.

Sans surprise, mon père repoussa farouchement cette proposition raisonnable.

— En ville ! T'es complètement folle, ma pauvre femme. C'est Lauretta qui t'a mis des idées pareilles dans la tête ?

— Elle a raison ! Ici, tout me rappelle notre petit ange, et je parle même pas de ton père qui régente tout ! Honoré, j'en ai assez de la misère ! En ville, il y a du travail, des salaires réguliers. Tu peux pas être contre ça.

— Ah oui ? J'ai quarante-trois ans, huit enfants à charge, puis tu me demandes de tout recommencer en ville ?

— Admets plutôt que t'as peur de ton père…

— … qui va nous obliger à cultiver des pommes de terre, enchaînai-je.

— … et insister jusqu'à ce que tu te plies à sa volonté.

Petit Jésus ! Si quelqu'un m'avait dit un jour que je pourrais compter sur ma mère… Même Alphonse, qui se donnait l'air d'avoir longuement soupesé le pour et le contre, s'en mêla :

— Ouais ! Travailler en ville, je jongle à ça moi aussi. Comptez pas sur moi pour rester sur la terre, le père.

La graine était semée. L'idée fit lentement son chemin, c'est-à-dire qu'elle perça un tunnel dans le roc : la tête dure d'Honoré Gagnon. Lorsque mon oncle Armand s'arrêta pour prendre des nouvelles, quelques jours plus tard, pour la première fois, mon père évoqua la possibilité de partir. Mon oncle n'était pas d'accord.

— C'est comme se jeter à l'eau sans savoir nager. Qu'est-ce que tu connais de la ville ? Une job à la Compagnie de pulpe ? L'usine engage des ouvriers, pas des journaliers, la seule job que tu peux espérer à ton âge. Ici, t'as une terre bien à toi.

Un peu plus, et il convainquait mon père de changer d'idée. Il était temps d'ajouter mon grain de sel :

— On ne passera pas l'hiver sans emprunter.

— S'il n'y a que ça, je vais vous en passer, de l'argent.

— Je veux rien te devoir, se cabra mon père.

— Tu ne penses pas qu'il est trop tard pour ça ?

Le lendemain de la visite d'Armand, pépère s'égosillait au milieu de la cuisine, mémère à ses côtés, cramponnée à son réticule.

— Tu préfères devenir esclave alors que tu possèdes une terre ?

— Une terre de roches, oui ! Qui est en train de nous faire mourir !

Mon père, en tenant tête à son père, montra du courage. Alfred était enragé noir.

— La terre nourricière ! La seule richesse au monde qui vaut la peine qu'on s'échine et qu'on se batte pour elle. Abandonner sa terre pour se mettre à la merci d'un maître, devenir un travailleur à gages, faire de tes fils des ouvriers ! Ah, il est beau, Honoré Gagnon ! La honte de son père, la honte de ses ancêtres !

Le vieux lion rugissait, sa voix puissante faisait trembler les murs. Toute la déception du monde se lisait sur son visage. J'eus presque pitié de mon père. Ma mère vint à son secours.

— Moi, le beau-père, j'en ai assez d'être *votre* esclave. Ici, ç'a toujours été vous, le maître.

— Au diable, les maudites bonnes femmes et leurs idées de grandeur ! hurla Alfred. C'est toi la responsable, Marie Barrette ! Paresseuse ! Tant va la femme, tant va la ferme ! Si t'avais mis la main à la pâte, vous n'en seriez pas là. À cause de toi, mes petits-fils sont des bons à rien. Quant à toi, Alice Gagnon, m'apostropha-t-il en fonçant droit sur moi au point que je dus reculer d'un pas, lever le nez sur le meilleur gars de la paroisse !

— Je ne passerai pas ma vie à arracher des patates dans un champ.

— C'est ça ! Va donc en ville faire la fière-pet !

— Avez-vous fini de nous insulter ? le brava Alphonse.

— Tais-toi ! L'ivraie, le pire de tous.

— Ça suffit, Alfred !

Mémère, que tout le monde semblait oublier, avait laissé s'écouler la diatribe de mon grand-père sans ciller. Elle aussi voulait dire son mot.

— Tout le monde n'est pas taillé dans la même étoffe. La ville, ce n'est pas pour nous autres, mais si Honoré pense qu'il y trouvera son bonheur, c'est son affaire, pas la nôtre. Maintenant, on s'en va.

Le visage convulsé, pépère allait exploser.

— Toi et ton maudit poussin ! Oui, partons avant que je ne fasse un malheur !

Plus tard, ce fut au tour de Laure de débarquer dans la cuisine. Tout le monde semblait s'être donné le mot pour plaider la cause de la campagne.

— La ville, c'est l'idée des jeunes, ça ne peut pas être la tienne, Honoré. Tu ne connais rien d'autre que la terre.

— J'ai essayé, j'y arrive pas. Et je peux pas compter sur mes gars. Aimé-Louis préfère le bois, Alphonse veut partir en ville et Albert va étudier. Les autres sont encore jeunes et moi, je vieillis. Je vais quand même pas rester juste pour faire plaisir au père.

— Vous auriez dû vous en mêler, Marie, reprocha Laure à ma mère.

— C'est pas à vous que je vais apprendre qu'entre Honoré et Alfred, aussi bien s'asseoir sur un baril d'explosifs, se défendit-elle.

— Et toi, Alice-Lauretta, qui dis ne pas vouloir te marier. En ville ou ailleurs, tu finiras pourtant par changer d'idée.

Ma tante Laure soupira.

— Dans le fond, c'est Philomène qui t'a élevée. Sa voie l'a menée à la ville, et en quelque sorte, tu suis ses traces. Mais tout comme elle et quoiqu'il advienne, tu resteras toujours une Gagnon de l'Anse. C'est gravé en toi, même quand tu seras devenue une fille de la ville.

Finalement, Juliette vint me voir. Elle n'osait entrer. Je tendis vers elle mes bras grands ouverts.

— Viens donc.

Nous nous enlaçâmes.

— Alice-Lauretta, pardonne-moi. Quand je pense à ce que je t'ai fait, j'ai tellement honte.

— Et moi, j'aurais dû te faire confiance. Allons, arrête de pleurer sinon, je vais me mettre à brailler moi aussi.

Nous éclatâmes de rire. Juliette ! Je l'aimais trop pour que nous restions fâchées.

— Tu as bien fait de venir !

Le déménagement décidé, ma mère et moi nous rendîmes à Chicoutimi pour visiter le logement et régler les derniers détails. Mon père trouva facilement un acquéreur pour la terre, un des frères de Théo cherchant à s'établir. Qu'un Tremblay Renard s'approprie notre terre, pépère ne l'avait pas digéré. Il nous avait même envoyé le curé.

— Qu'est-ce que j'apprends, mademoiselle Gagnon ? Vous incitez votre famille à déménager en ville ? Vous, une ancienne enfant de Marie, un modèle de vertu qu'on cite en exemple aux jeunes filles de la paroisse ?

À l'entendre, nous étions des brebis égarées qu'il fallait ramener dans le droit chemin.

— Gardez vos sermons, monsieur le curé. Ça ne vous gêne pas que ma petite sœur Antoinette soit morte à cause de vous ?

— La douleur vous égare, jeune fille ! s'offusqua le prêtre, frémissant dans sa soutane. La petite Antoinette a rejoint Notre-Seigneur et veille désormais sur vous tous. Bien au contraire, j'imagine son chagrin : sa chère famille renonce à la seule vie qui convient aux bons catholiques pour aller vivre dans un lieu de perdition.

Ça y est, nous étions des parias.

— Pourtant, n'est-ce pas en ville que se trouvent l'évêché, la cathédrale ?

Le visage de l'abbé Larouche devint rouge de suffocation :

— Oser en remontrer à son curé...

C'est là que ma mère se fâcha :

— Nous autres, monsieur le curé, on peut plus vivre dans cette maison, on a trop de peine. L'hôpital de la ville vous a sauvé pendant que vos paroissiens tombaient comme des mouches. Notre petit rayon de soleil, elle, a pas eu droit à cette chance et elle est morte.

Il fallait que j'en rajoute :

— Sauf votre respect, monsieur le curé, passez votre chemin !

La veille du grand départ, avant d'entendre une dernière grand-messe comme paroissiens de l'Anse-aux-Foins, nous nous rendîmes au cimetière.

Mémère était là, à nous attendre.

— Je me doutais que vous ne partiriez pas sans venir faire vos adieux à la petite ! expliqua-t-elle devant notre stupeur.

Elle me prit à part.

— Faut excuser ton grand-père pour l'autre jour, tu sais qu'il n'aime pas être contrarié. Moi, je te comprends, ma petite-fille, murmura-t-elle. Tu t'es toujours occupée de ta famille, tu ne leur veux pas de mal. Je ne dis pas que ça ne me fait pas de peine de vous voir partir, je dis que c'est pour le mieux. Tout de même, je vais m'ennuyer de vous autres.

Elle s'approcha de mon père pour l'enlacer.

— La ferme, c'est comme l'école, t'as jamais été capable, je l'ai toujours su. Tiens, prends ça, fit-elle ne lui remettant une petite bourse à l'ancienne mode. C'est pour vous aider à vous installer. Promets juste de venir me voir une fois de temps en temps. Tu connais ton père : dès qu'il aura d'autres chats à fouetter, il va se calmer.

— Je vous le promets, moman. J'oublierai pas que je suis vot' poussin.

Tout le monde rit, sauf moi.

Visiblement ému, mon père renifla bruyamment. Même moi, j'eus de la misère à retenir mes larmes. Mémère se hissa sur la pointe des pieds pour déposer un baiser sur la joue de son « poussin » avant d'embrasser tout le monde.

À l'église, quand nous prîmes place dans notre banc, un murmure réprobateur parcourut l'assemblée. Les petits coincés entre nous, ma mère et moi échangeâmes un regard. La messe commença, puis durant le sermon, le bruissement reprit : quel serait le sujet du jour ? Le curé avait choisi la parabole de l'enfant prodigue.

— Un fils erre à l'aventure, croyant qu'il existe un monde meilleur en dehors de la maison de son père. Voyant qu'il n'en est rien, que fait-il ? Il retourne chez son père. Or, dans notre paroisse, tel ce fils ingrat, une famille catholique abandonne sa terre pour la ville, le lieu de tous les vices !

Tous les regards convergèrent vers nous. De notre banc, je voyais mon grand-père qui se frottait le menton de contentement. Le vlimeux ! Si ce n'était pas lui qui avait soufflé le sermon à l'oreille du curé, j'avalerais mon chapelet !

— Dieu, dans sa grande bonté, nous a donné des terres à dompter par la seule force de nos bras et de nos prières, poursuivit notre pasteur. Une famille chrétienne, et catholique, trouve son salut dans nos paroisses rurales de la province de Québec. Car l'agriculture est *la* vocation des Canadiens français. Mes frères, ne vous laissez pas séduire par des mirages. Ils sont l'œuvre de Satan !

Le curé reprit son souffle. À l'entendre, la famille d'Honoré Gagnon partait vers Sodome et Gomorrhe. La rumeur s'amplifia dans l'église. Ma mère pleurait, mon père tremblait, les enfants étaient figés, terrorisés.

Il fallait mettre un terme à cette séance de flagellation. Le curé en était au beau milieu de son sermon quand je me levai. Il s'arrêta net de parler. Ça ne m'impressionna pas :

— On va voir si le Bon Dieu de la cathédrale est plus indulgent que celui de l'Anse-aux-Foins ! lançai-je d'une voix bien distincte. Popa, moman, les enfants, on s'en va.

Assise dans son banc, ma tante Laure croisa mon regard. J'eus l'impression que ses yeux foncés souriaient. Je sortis la tête haute, ma famille derrière moi.

Le lendemain, nos charrettes surchargées descendirent une dernière fois le rang Saint-Louis. Au pied du sentier s'étaient regroupés Laure, Juliette, Armand et Rosanna pour un dernier adieu. J'étais émue. Ma famille de l'Anse, je les aimais, je leur devais tout. Je me fis la promesse de ne jamais l'oublier.

Juliette s'approcha pour m'embrasser. Son beau visage lunaire aux yeux dorés appartenait aux rares moments de bonheur de mon enfance.

— Viendras-tu à mes noces, Alice-Lauretta ?

— Je vais essayer.

— Tu vas me manquer.

— Toi aussi.

En passant devant chez mes grands-parents, il fallait s'y attendre, personne pour nous envoyer la main de la galerie. En me retournant pour jeter un ultime regard à la maison blanche, j'aperçus un coin de rideau soulevé par une petite main qui s'agitait derrière le carreau.

Repères et sources

Cette histoire est un roman, une fiction inspirée de la vie de mes grands-parents maternels : Alice-Loretta Gagnon, dite Laurette, et Patrick Lalancette. Même si de nombreux faits sont authentiques, des noms ont été changés et tous les personnages ont été largement romancés.

Un exemple. Patrick Lalancette n'a jamais assisté au concert de Caruso à Montréal en 1920. Par contre, l'anecdote du garçon assistant au concert juché sur les épaules de son père est vraie, bien qu'elle appartienne plutôt à la famille de mon mari. Mon grand-père chantait le grégorien et adorait la musique, un goût qu'il a laissé à ses enfants. Il est donc cohérent que le personnage de Patrice dans le roman assiste au concert.

Je me suis aussi amusée à se faire rencontrer, par la voie du roman, ma famille et celle de mon mari, puisque Noël Ostiguy, le marchand de fourrures de Valleyfield chez qui Alice achète son manteau, est son grand-oncle. C'est ainsi que l'on tricote la réalité et la fiction.

La personnalité prêtée au personnage d'Alfred Gagnon s'inspire des histoires racontées par Richard Tremblay, de Saint-Fulgence, petit-fils de Laure. Alfred a bel et bien occupé toutes les fonctions que lui donne le roman et sa mort tragique a été racontée dans le *Progrès du Saguenay* du 20 juillet 1926. Le reste appartient à la fiction.

La documentation historique régionale est aussi fabuleuse que le «royaume». La fierté n'est pas un vain mot dans la région du Saguenay–Lac-Saint-Jean, où l'histoire tient sa place. Ses historiens ont commencé à œuvrer tôt pour conserver témoignages et documents qui font partie des collections de la Société historique du Saguenay. Notons l'extraordinaire fonds Lemay, où dorment les originaux des photos des familles de la région, y compris la mienne.

L'histoire de la région est fouillée, documentée, écrite. J'ai puisé à pleines mains dans les ouvrages de l'historienne Russel Aurore Bouchard, notamment *L'Histoire de Chicoutimi-Nord*, volume 1, *Le Canton Tremblay et le village de Sainte-Anne*, publié à compte d'auteur en 1985, et *L'Histoire de Chicoutimi*, volume 1, *La Fondation. 1842-1893*, publié à compte d'auteur en 1992. Ces ouvrages se retrouvent sur le site *Les Classiques des sciences sociales* de l'Université du Québec à Chicoutimi. Également: *Au royaume du Saguenay et du Lac-Saint-Jean. Une histoire à part entière, des origines à nos jours*, de Gaston Gagnon, aux Éditions GID, 2013 ; les nombreux articles publiés dans la revue *Saguenayensia*, divers auteurs.

J'ai utilisé à satiété *Chicoutimi. 150 ans d'images*, de Guy Coutu (Le Musée du Saguenay–Lac-Saint-Jean, 1992) et *Le Grand-Brûlé: Récits de vie et histoire d'un village au Québec. Laterrière, Saguenay, 1900-1960*, de Camil Girard et Gervais Tremblay (Les Presses de l'Université Laval, 2004). Les *Notes historiques sur Saint-Fulgence*, de l'abbé Georges-Hilaire Gagnon (manuscrit déposé à la Société historique du Saguenay), m'ont été d'une grande utilité. Les fiches de familles conservées par la Société de généalogie du Saguenay m'ont aidée à remonter la généalogie familiale.

Sur Montréal et Salaberry-de-Valleyfield : *La Rue Sainte-Catherine. Au cœur de la vie montréalaise*, Paul-André Linteau (Les Éditions de l'Homme, 2010) ; *Salaberry-de-Valleyfield. La Venise du Québec*, Luke De Stéphano et Daniel Plourde (Les Éditions GID, 2010).

Quelques notes

L'Anse-aux-Foins et le Grand-Brûlé
Pour leur poésie et leur saveur, j'ai choisi d'utiliser ces noms anciens : *Anse-aux-Foins* pour Saint-Fulgence et *Grand-Brûlé* pour Laterrière.

Le rang Saint-Louis
Ce sont les *Notes historiques sur Saint-Fulgence* qui nous apprennent que le curé Louis Gagnon aurait nommé rang « Saint-Louis » le chemin qui traverse la concession des Renard, du nom de son saint patron.

La compagnie de pulpe de Chicoutimi (CPC)
Formée en novembre 1896 par Dominique Guay, dans les locaux du *Progrès du Saguenay*, afin de profiter du formidable potentiel de pouvoir électrique et de grandes réserves forestières de la région. Les actionnaires et les membres du bureau de direction étaient uniquement des Canadiens français. L'usine, construite à l'ouest de la ville de Chicoutimi, sur la rivière du même nom, fut inaugurée en 1898. En octobre 1900, selon les plans des architectes Lemay et Berlinguet, la construction d'un second moulin au coût de 1 500 000 $ fit de l'usine la plus importante du genre en Amérique du Nord. Julien-Édouard-Alfred Dubuc, directeur de succursale de la Banque Nationale à Chicoutimi, prit la direction de l'usine dès 1896. En 1910, elle employait 1000 hommes et faisait travailler 1500 bûcherons. Précurseur, Dubuc

instaura des quarts de travail de huit heures. La pulpe de Chicoutimi était exportée en Europe et en Amérique du Nord. En 1920, la CPC était le plus important producteur de pâte mécanique du monde. L'objectif de Dubuc de démontrer que les Canadiens français étaient aptes aux affaires avait été atteint. Hélas, la faillite d'un partenaire à Londres l'obligea à déposer son bilan en 1924.

Le complexe hydroélectrique de l'Isle-Maligne

Construit entre 1923 et 1926, le complexe a employé 1600 travailleurs dont un tiers venait d'Europe, un quart des États-Unis et d'Ontario, et les autres du Canada français. Le travail était dur : douze heures par jour, six jours par semaine ; les contremaîtres anglophones étaient insensibles et les morts furent nombreux. Le 24 juin 1926, on inaugura la plus puissante centrale électrique du monde (8 barrages, 12 turbines) ; quelques jours plus tard, les terres riveraines furent inondées et 940 cultivateurs virent 60 000 acres disparaître sous les eaux du lac Saint-Jean.

Un roman de Joseph Lallier, publié en 1935 par L'Action paroissiale, à Montréal, et intitulé *Le Spectre menaçant*, évoque le chantier de l'Isle-Maligne.

La centrale de Beauharnois

Architecture Art déco, alimentée par le fleuve Saint-Laurent, la centrale de Beauharnois, encore une fois l'une des plus puissantes du monde, date de 1932. La Beauharnois Light, Heat and Power Company existait depuis 1902, mais ce n'est qu'en 1929 qu'elle entama la construction d'un canal de 24 kilomètres, 200 millions de mètres cubes de terre, afin de détourner une partie du débit du fleuve Saint-Laurent. Dans une entrevue à Gaston Gagnon, Aimé-Louis Gagnon affirme que la grue qui a servi à creuser le chenal du Saguenay était la même que celle utilisée à Beauharnois à l'époque de Patrick et Silvio Lalancette.

Les ingénieurs stationnaires

Les titres d'ingénieur mécanicien et d'ingénieur stationnaire trouvent leur origine dans une mauvaise traduction des termes anglais. Un mécanicien responsable d'une locomotive était désigné sous le titre d'ingénieur mécanicien. Les ingénieurs stationnaires étaient les spécialistes des systèmes de chauffage de chaudière, de climatisation, de ventilation, des turbines et des systèmes à vapeur. Une loi sanctionnée en 1914 obligea la présence d'un ingénieur stationnaire pour tout système à vapeur, chaufferie, etc., et mit en place des bureaux d'examinateurs qui délivraient des certificats professionnels. En 1915, il existait un bureau d'examinateurs à Montréal et un autre à Québec.

Salaberry-de-Valleyfield

La ville au double nom. Le village de la paroisse de Sainte-Cécile portait le nom de Valleyfield, donné par les ouvriers écossais de la fabrique de papier. Lors de son incorporation en municipalité, on lui adjoignit le patronyme « Salaberry » en l'honneur de Charles-Michel de Salaberry, vainqueur de la bataille de la Châteauguay. Le nom de Valleyfield sera le plus courant au XXe siècle, mais celui de Salaberry-de-Valleyfield s'impose de plus en plus dans l'usage courant. Le nom du maire qui a donné son salaire aux chômeurs pendant la crise économique est Olivier Philorum Billette.

Georges Vézina

Né à Chicoutimi le 21 janvier 1887, décédé au même endroit le 27 mars 1926. Fils de boulanger, Georges Vézina fit des études au petit séminaire de Chicoutimi, qu'il laissa pour aider son père dans le commerce. Engagé comme gardien de but par le club de hockey de Chicoutimi à 16 ans, Vézina fut remarqué par Joseph Cattarinich, gardien de but du National de Montréal, lors d'un match hors concours de la saison 1904-1905. Le club Canadien fut formé en 1909, Cattarinich en fut le gardien de but, poste qu'il quitta après la saison 1909-1910. Vézina s'entraîna avec le Canadien pour la saison 1910-1911 et entama une carrière brillante : le Canadien emporta la coupe Stanley en 1916 en cinq rencontres contre les Rosebuds de Portland. Le club fut également victorieux en 1924. Le 28 novembre 1925, Georges Vézina s'effondra sur la glace de l'aréna Mont-Royal ; il succomba à la tuberculose le 27 mars 1926. Le trophée Vézina, remis annuellement par la Ligue nationale de hockey au meilleur gardien de but, fut créé en 1927. Georges Vézina fut nommé au Temple de la renommée du hockey en 1945. Un aréna porte son nom à Chicoutimi. (*Vézina, Georges*, par Michel Vigneault, *Dictionnaire biographique canadien en ligne*.)

Paris pâté

Une recherche dans Internet nous apprend que le pâté en boîte Paris Pâté a été commercialisé en 1933 par l'entreprise Aliments Ouimet Cordon Bleu. Or, ce produit existait bien auparavant. Une publicité de Paris Pâté est insérée dans le *Manuel de la ménagère* en 1913, publié par Montreal Advertising Agency. On trouve également cette information dans *Ainsi cuisinaient les belles-sœurs dans l'œuvre* de Michel Tremblay (Anne Fortin, Flammarion Québec et Léméac, Montréal 2014). Un personnage de Tremblay qui évolue en 1914 évoque le Paris Pâté dans *La traversée de la ville*.

Remerciements

Mes premiers remerciements vont aux enfants de Laurette Gagnon et Patrick Lalancette : Jean-Paul, Jacqueline, Madeleine et Maurice, qui m'ont confié généreusement leurs souvenirs de jeunesse, les photos de famille, les documents. Un merci particulier à Maurice, guide et hôte enthousiaste, lors de nos séjours à Chicoutimi. Merci également à Georgette et Rolland Lalancette, fille et fils de Silvio. Ma reconnaissance va aussi à Gaston Gagnon, cousin, historien et muséologue, pour les rencontres, les références, les échanges et les souvenirs de famille partagés.

Remerciements également au passionné Luc Gagnon, archiviste au monastère des Augustines de la Miséricorde de Jésus à Chicoutimi ; à l'ami André Bujold, qui m'a prêté un journal tenu par une parente au tournant des XIXe et XXe siècles, document qui recèle des détails inestimables et si difficiles à retrouver dans les livres d'histoire : calendrier agricole, recettes, remèdes et anecdotes.

Toute ma gratitude à Dominique Alexis, conseillère à l'intrigue, ainsi qu'à mon mari, Raymond Ostiguy, pour son indéfectible soutien. Sans oublier Jacinthe Moffet et Sandrine Lazure, mes chères éditrices qui me rassurent et me prodiguent leurs encouragements, ainsi que la formidable équipe d'Hurtubise.

Table des matières

Suivez-nous

Achevé d'imprimer en août 2024
sur les presses de Marquis Imprimeur
Montmagny, Québec